FONDRE AVEC TOI

AU CŒUR DES FLAMMES

J.H. CROIX

Chapitre Un

MAX

Et voilà que j'avais réussi à me retrouver à faire le taxi après être allé à un mariage, perdu au milieu de nulle part, en Alaska. Incroyable. D'après le dernier message envoyé par une mariée au bord de la crise d'angoisse, il ne me restait qu'un voyage à faire. Quelques minutes plus tard, je me garais devant l'hôtel et mon téléphone vibrait dans ma poche. En l'attrapant, je regardai l'écran.

Elle s'appelle Harlow May. Trouve-la!

Ce message venait d'Ivy Nash, la mariée et femme dont Owen Manning était tombé amoureux tellement vite que je doutais encore de son état mental. Ivy était parfaite pour Owen. J'hésitai à lui faire une blague en lui disant que Harlow était partie. Mais non. C'était son jour à elle, donc j'avais décidé de bien me tenir.

Ça marche. Je la livrerai sous peu.

Je m'attendais à ce que cette dernière invitée, qui semblait assez importante aux yeux d'Ivy, soit en train d'attendre devant l'hôtel. Mais non. Harlow May était en retard.

Je pensais également que son nom me disait

quelque chose. C'était la fille d'un des investisseurs de la compagnie d'Owen. Et je connaissais son père sur le plan professionnel. Owen et moi nous étions rencontrés au MIT, le prestigieux institut de technologie du Massachusetts, et nous étions restés très proches. Off the Grid était son projet-passion, une des meilleures compagnies technologiques du pays, qui valait des millions de dollars, et qui était basée dans le trou du cul du monde, en Alaska.

Après avoir attendu quelques minutes de plus, j'entrai dans le hall. Le mariage se déroulait au sommet d'une montagne, dans un hôtel appelé le Last Frontier Lodge. Comme cet hôtel était toujours complet des mois à l'avance, il n'y avait pas assez de chambres pour que tous les invités y séjournent, donc ce second hôtel avait accueilli l'excès. Alors que j'étais sur le point d'aller à l'accueil pour leur demander d'appeler Harlow, une femme descendit rapidement de l'ascenseur.

En un regard, j'étais complètement subjugué, ravi, et bien plus encore. Elle avait des cheveux bruns lisses et brillants qui tombaient presque jusqu'à sa taille et des yeux marron sombre. En plus du fait d'être simplement magnifique, elle portait une robe couleur crème en soie, une tenue qui attirait plus le regard qu'une girafe dans un parc à chiens, car tous les autres résidents de l'hôtel étaient habillés en tenues de rando.

Je la regardai courir vers la sortie puis la suivis. Je la rattrapai à grands pas, les yeux fixés sur le mouvement de ses hanches. Ses courbes n'en finissaient pas, parfaitement épousées par sa robe en soie. Le tissu tombait en cascades au-dessus de ses genoux, enlaçait ses hanches comme un amant, se resserrait à la taille avant de s'ouvrir à nouveau pour épouser ses seins.

En passant la porte, je marchai directement vers

elle, mon corps se tendant à la seconde où je la rattrapai.

— Harlow May?

Son regard chocolat se tourna vers le mien.

— Oui. Vous êtes le chauffeur?

Je retins un sourire.

— Je suppose que vous allez au mariage d'Owen et Ivy?

Harlow enroula une mèche de ses longs cheveux sur son doigt, et ce mouvement me donna envie de passer ma main dans ses cheveux. Je me retins, mais ça demanda beaucoup de volonté. À son hochement de tête, je désignai la voiture. Ce n'était pas la mienne, c'était le SUV noir d'Owen, avec toutes les options imaginables et complètement électrique. J'avais l'impression de vivre la vie de quelqu'un d'autre pendant quelques instants.

— Je suis en retard? demanda Harlow alors qu'elle avançait vers le SUV.

Son odeur flotta jusqu'à mes narines, un mélange de miel et de vanille.

— Je ne sais pas si vous êtes en retard, mais vous êtes la dernière, dis-je.

Elle avait raté les trois premières navettes que j'avais faites, mais je m'en fichais maintenant.

Je lui ouvris la porte et vis un point rosi sur ses joues. Elle monta sur le siège passager et mit sa ceinture. Une fois en route pour l'hôtel, je regardai les courbes de ses cuisses du coin de l'œil. Ma main mourait d'envie de caresser la soie, de sentir la chaleur de sa peau qui la traversait. Il y avait quelque chose chez cette femme qui me rendait curieux comme je ne l'avais pas été depuis... depuis aussi loin que je me souvienne.

— Alors, Harlow, comment connaissez-vous les mariés?

Je pensais connaitre la réponse mais je décidai de demander quand même.

— J'ai rencontré Ivy et Owen grâce à mon père, parce qu'il a investi dans leur compagnie. Je suis venue pour leur mariage parce que je suis devenue amie avec Ivy. Et que j'ai toujours eu envie de venir en Alaska.

— C'est un État magnifique, ça vaut vraiment le coup de le voir au moins une fois.

Je m'arrêtai à une intersection, et je trouvai son regard sur moi alors que je lui jetais un coup d'œil.

— Je ne crois pas avoir demandé votre nom, dit-elle.

Elle croisa puis décroisa les jambes, me donnant encore plus envie de la toucher. Je forçai mes yeux à regarder droit devant moi, et m'engageai sur la route qui sillonnait les montagnes.

— Max. Max Channing, répondis-je.

— Vous êtes juste le chauffeur, ou vous êtes là pour le mariage?

— Je suis un ami qui donne un coup de main en faisant les allers-retours, répondis-je.

Je ne savais pas tellement pourquoi, mais je préférais que Harlow ne sache pas exactement comment nos mondes se recoupaient. Quelques minutes plus tard, je garais la voiture devant le Last Frontier Lodge, avec cette vue magnifique qu'Owen et Ivy avaient choisie pour leur mariage. Diamond Creek, l'une des plus belles villes côtières d'Alaska, était l'un des lieux où la montagne flottait sur la mer.

Alors que j'ouvrais la porte pour que Harlow descende, je vis un éclat de bleu entre ses cuisses. J'étais bien élevé, et ce n'était pas mon genre d'essayer de voir les culottes des femmes. Mais bon sang,

Harlow agissait sur moi comme un aimant, et mes yeux n'en faisaient qu'à leur tête.

De toutes les choses que j'avais imaginées en venant à ce mariage, rencontrer une femme si délicieuse que j'avais du mal à me contrôler n'était pas sur la liste. Sans parler du fait que je ne m'entendais pas particulièrement bien avec son père. Pour dire vrai, la dernière fois que je l'avais croisé, je l'avais traité de connard. Car c'en était un.

Alors que je la suivais jusqu'aux marches de l'hôtel, je me demandai ce qu'elle faisait dans la vie, mais ce n'était pas le moment de faire la causette. Il ne restait qu'une demi-heure avant le début de la cérémonie. Alors que nous passions la porte, je posai ma main sur son dos pour la guider et je savourai la chaleur de sa peau contre la soie.

Si Harlow avait remarqué mon toucher, elle ne le montra pas. On traversa le hall et le restaurant pleins, jusqu'à la salle arrière. Les invités se baladaient, mais Owen et Ivy n'étaient pas là. Je regardai Harlow.

— Le plan d'assise est là. Vous pouvez aller voir Delia, dis-je en désignant la femme qui gérait le restaurant de l'hôtel et était également invitée au mariage.

Quand Harlow me regarda, je remarquai que ses longs cils noirs rebondissaient sur ses joues. Je n'aurais pas pu détourner le regard même si j'en avais eu envie, alors qu'un lent sourire étendait son visage, et que l'envie de l'embrasser s'emparait de moi.

— Je suis l'une des demoiselles d'honneur, en fait. Merci de m'avoir déposée, dit-elle doucement avant de se retourner.

Elle s'arrêta à côté de Delia, ses cheveux noirs contrastaient avec le blond miel de Delia. Elles parlèrent brièvement, puis Harlow passa par une porte latérale qui menait vers l'hôtel.

Même si je voulais rester là, j'avais des choses à faire. Je retournai vers la partie hôtel pour trouver Owen et je le trouvai avec Derek Bridges dans l'une des chambres louées pour se préparer. Avec Owen, Derek était l'un de mes meilleurs amis avec qui j'étais au MIT.

Owen était appuyé contre une commode, prêt, en costume-cravate et il riait à ce que Derek venait de dire. Il me regarda.

— Tu as ramené tout le monde?

— Bien sûr. Je viens d'arriver avec la dernière. Harlow May. C'est la fille de Howard May, c'est ça?

Owen acquiesça, alors que le bleu de ses yeux brillait quand il sourit.

— Oui. Harlow et Ivy sont proches.

Derek se leva de son siège à côté de la fenêtre.

— Et est-ce qu'on est pas heureux que Howard n'ait pas pu venir au mariage? demanda-t-il avec un sourire narquois.

— Je suppose que sa fille est plus sympa que lui si c'est l'une des demoiselles d'honneur, répondis-je.

Owen gloussa.

— Ivy l'adore, et elle n'a rien à voir avec son père. Il est même très énervé qu'elle refuse de travailler pour lui.

Alors que j'étais sur le point d'enchainer avec une question, car j'étais vraiment curieux à propos de Harlow, quelqu'un frappa à la porte. Garrett Hamilton passa la tête par l'ouverture, nous lançant un sourire quand il nous vit.

— On m'a demandé de venir vous chercher.

Du peu de temps que j'avais passé ici, j'avais rencontré presque toute la famille Hamilton. Ils étaient propriétaires de cette station de ski, qui était surtout dirigée par l'ainé, Gage. Garrett était un ancien avocat de droit des entreprises, qui faisait encore du droit mais qui avait laissé tomber sa carrière chez le gratin de Seattle pour déménager ici et épouser Delia.

Je me tournai vers Owen et demandai :

— Tu es prêt?

Owen, avec ses cheveux noirs, ses yeux bleus et son allure toujours calme, avait l'air un peu stressé, pour une fois. Ses épaules montèrent et descendirent avec sa respiration alors qu'il se détachait de la commode. Après avoir réajusté sa cravate, il me rejoignit à la porte, suivi de Derek.

—Je ne pourrais pas être plus prêt.

Garrett était déjà plus loin dans le couloir.

— C'est parti, ajouta Derek en touchant l'épaule d'Owen. C'est le moment de le dire si tu as des doutes.

Nous avions commencé à avancer en file indienne quand Owen s'arrêta complètement et se tourna vers nous.

— Je n'ai pas de doutes. Mais si vous vous posez la question, j'ai un peu peur qu'Ivy se rende soudainement compte qu'elle a perdu la tête. Si elle change d'avis, je ne sais pas comment je pourrai survivre, dit-il platement.

Ses yeux croisèrent les miens et la profondeur de son émotion était presque surprenante.

— Je ne pense pas que tu aies besoin de t'inquiéter de ça, m'entendis-je dire.

Il se retourna avec à peine une étincelle de soulagement dans les yeux.

On avança en file indienne dans le hall et jusqu'à la terrasse arrière de l'hôtel, qui avait été transformée en chapelle d'extérieur pour le mariage. Alors que je prenais place à l'avant avec Derek, je repensais au fait qu'Owen était comme moi au début, et que je ne pensais pas qu'il se caserait un jour. Et pourtant, il était là, fou amoureux d'Ivy.

Il avait ses raisons de ne pas vouloir trouver l'amour, comme moi. Je ne pouvais pas imaginer tenir à quelqu'un à ce point. J'avais presque décidé d'oublier l'amour. Lorsque le pasteur commença son discours, j'observai la foule. Mes yeux trouvèrent Harlow qui se tenait avec deux autres femmes à côté d'Ivy. Au moment où je la vis, le désir s'empara de moi. Je n'avais aucun mal à imaginer une nuit au lit avec Harlow.

Je n'arrivais pas vraiment à la cerner. Elle était discrète et avait un air de force puissante. Je voulais en savoir plus.

Je me forçai à détourner le regard et pris un moment pour regarder au loin. Les sommets des montagnes s'élevaient tout autour de nous et la baie de Kachemak était visible d'ici, alors que le soleil striait sa surface. En inspirant l'air frais de la montagne, je me tournai à nouveau vers deux de mes meilleurs amis, pour les voir se marier.

Je n'étais pas fan des mariages, d'habitude. Mais ce n'était pas n'importe quel mariage : c'était en extérieur, derrière un superbe hôtel, avec les montagnes et l'océan comme cathédrale. Mes yeux étaient encore et encore attirés par Harlow, comme si elle était un aimant qui ne marchait que sur moi.

Avec toute la volonté que je pouvais trouver, j'arrachai mon regard à elle. Les relations étaient quelque chose du monde professionnel pour moi; une façon de répondre à un besoin, et rien de plus. L'amour, le coup de foudre, l'amour fou qu'Owen avait trouvé avec Ivy, ce n'était pas pour moi.

Chapitre Deux

HARLOW

Après la cérémonie de mariage, le ciel commençait à s'assombrir donc les invités furent invités à rentrer. L'hôtel était plein, même si ce n'était que l'automne. Ils accueillaient des touristes tout au long de l'année. Je m'accoudai au bar, en prenant une gorgée de mon martini à la grenade. Je ne buvais pas souvent, mais boire un bon martini était appréciable. Je sirotais mon troisième verre de la soirée, mais je me disais, et pourquoi pas? J'étais au mariage de l'une de mes meilleures amies et ravie d'échapper à la pression de mon quotidien.

Quand Ivy m'avait demandé d'être l'une de ses demoiselles d'honneur, la seule chose qui m'avait fait hésiter était de savoir si mon père serait présent ou non. Ivy, étant l'amie qu'elle est, avait compris mon problème mais m'avait quand même suppliée de venir. Elle m'avait aussi appelée tout enjouée quand mon père avait annoncé qu'il ne viendrait pas. Owen l'avait invité principalement par politesse, puisqu'il avait investi beaucoup d'argent dans leur entreprise.

— Hé, hé! m'interpella Ivy.

En me retournant, j'appuyai mes hanches sur le tabouret de bar et souris.

— N'es-tu pas contente d'être venue? demanda-t-elle alors qu'elle arrivait à mon niveau.

Elle rayonnait, dans sa robe blanche en soie, avec ses cheveux ambre et ses yeux marron. J'étais tellement heureuse pour elle. Owen et elle étaient parfaits l'un pour l'autre, le genre de couple qu'on ne voit pas souvent.

— Bien sûr que je suis contente d'être venue. Je pense que je vais peut-être rester un peu plus longtemps que prévu. Quand est-ce que vous partez en lune de miel? demandai-je.

Ivy s'accouda au bar à côté de moi, en regardant par-dessus son épaule pour croiser le regard de Gage Hamilton. C'était le propriétaire de l'hôtel et il s'occupait du bar en alternance avec son frère Garrett ce soir. Il était franchement beau avec ses yeux gris et ses cheveux sombres. Il était aussi franchement en couple. Non pas que j'eus l'impression de sentir le courant passer avec lui, pas du tout.

— Sers-moi la même chose qu'elle, dit Ivy à Gage.

Il lui lança un sourire et lui prépara un cocktail tout en continuant une conversation avec un autre client.

— On part demain, répondit Ivy. J'aimerais bien que tu restes plus longtemps.

— Pourquoi? Tu ne seras pas là.

— Parce que ça me fait plaisir de penser que tu auras des vacances. Tu peux dormir à la maison si tu veux. Je sais ce que tu penses des hôtels.

Je détestais les hôtels. Enfin, détester n'est pas le mot juste; tout me semblait toujours très générique dans un hôtel. J'avais passé beaucoup de mon enfance dans ce genre de chambres. Ma mère était morte quand j'étais jeune, et mon père ne pensait qu'à son boulot. Il voyageait beaucoup et me trimbalait partout, avec autant de baby-sitters que possible.

Je la regardai dès qu'elle attrapa son verre de la main de Gage.

— Vraiment? Ça rend l'idée encore plus tentante.

— Bien sûr. On part pour deux semaines. Tu as la maison rien que pour toi. Et tu peux rester quand on rentre aussi.

Je lui lançai un sourire et secouai la tête.

— Je pense que je veux bien rester tant que vous n'êtes pas là, mais je ne vais pas envahir votre maison juste au retour de votre lune de miel.

Ivy haussa les épaules.

— On vit ensemble depuis des années. Oh mon Dieu, c'est presque gênant que ça nous ait pris aussi longtemps pour nous marier. Pourquoi est-ce que tu n'emménages pas ici? Tu dis toujours que tu as envie de changement.

En ce moment, j'habitais sur la côte de la Caroline du Nord, d'où ma mère était originaire, et où mon père avait basé sa compagnie. Mais, ces derniers temps, c'était un lieu qui me paraissait étouffant, car tout ce que mon père voulait de moi était que je commence à travailler pour lui, et je refusais de le faire. J'avais même pris une décision plutôt folle environ un an plus tôt. Ou parfaitement logique, selon le point de vue. Mon père pensait certainement que c'était ridicule que je décide de me former à devenir pompière forestière.

C'était assez tentant de tout lâcher et de déménager en Alaska. J'aurais une meilleure amie sur place et je pourrais m'installer loin de mon père. Même si Ivy et moi ne nous connaissions que depuis un an, on s'était rapidement rapprochées. Ça en disait long pour moi, car comme j'avais passé la majorité de mon enfance à voyager, je n'avais pas eu beaucoup d'occasions de me faire des amis. Ivy et moi nous étions rencontrées à une soirée organisée pour la compagnie qu'elle gère avec Owen, et on s'était bien entendues immédiatement.

Je haussai les épaules, ce qui attira son regard.

— On verra. En attendant, parle-moi de Max.

Max, le chauffeur qui était venu me récupérer à l'hôtel, m'avait donné un coup de chaud fou. Max était bien trop beau pour être vrai, et j'étais bien plus curieuse que je ne voudrais l'être.

Même si ça n'avait aucun sens, parce qu'il ne se passerait rien entre Max et moi, j'étais tout de même curieuse. J'avais décidé que les hommes n'étaient pas pour moi, et j'avais de très bonnes raisons. J'avais le don irréparable de n'être attirée que par des connards. Les uns après les autres, ils avaient piétiné mon cœur, et le plus récent m'avait détruite.

Ivy me regarda avec des yeux soudainement pétillants et un petit sourire amusé accroché à ses lèvres.

— Max est canon, hein? Il connait Owen depuis toujours, depuis MIT et...

Elle fut interrompue par l'arrivée d'Owen, qui passa son bras autour de ses hanches, plongeant la tête pour déposer un baiser dans son cou.

Mon cœur se serra. J'étais tellement heureuse pour elle. Owen aimait Ivy plus que tout.

— On est censés couper le gâteau, dit-il avec un soupir.

Ivy se décolla du bar.

— Maintenant? Pourquoi est-ce qu'il y a autant de règles à suivre pendant un mariage? me demanda-t-elle, comme si j'aurais la réponse.

Je haussai les épaules.

— Qu'est-ce que j'en sais moi.

Owen gloussa.

— On m'a dit que si on ne le faisait pas bientôt, ils allaient devoir le ramener dans la cuisine.

Je les suivis, restant derrière la foule d'invités qui s'étaient rassemblés autour de la table où le gâteau était monté, et je me surpris à chercher Max des yeux. Je voulais en savoir plus sur lui, et ce n'était pas une bonne chose, car quand un homme me rendait curieuse, j'avais tendance à faire des choix idiots. Alors que je me disais que c'était une bonne chose qu'il ne soit pas là, soudainement, il arriva juste à côté de moi.

J'avais beau essayer de me retenir, je ne pouvais pas m'empêcher de lui lancer des regards en coin. Il était terriblement beau, avec ses cheveux noir corbeau et ses yeux bleu turquoise. J'avais envie d'y plonger pour y nager. Il tenait un verre de scotch dans sa main. Même ses mains étaient sexy, fortes et un petit peu marquées comme s'il savait bricoler. Mon esprit me montra immédiatement une vision de ses mains sur mon corps, et je sentis une vague de chaleur s'emparer de moi en réponse.

Je pris une gorgée de mon martini pour essayer de me changer les idées. Grossière erreur. Je sentis une autre forme de chaleur traverser ma gorge avec l'alcool, et je me mis à tousser.

— Ça va? demanda Max.

Sa voix était grave et ma peau fut parcourue d'un frisson. J'essayai de lui dire que tout allait bien, mais je toussai de plus belle. Sa main passa dans mon dos. Avec le dos ouvert de ma robe, son toucher était comme une trainée de feu sur ma peau.

Ma quinte de toux commença à attirer l'attention de tout le monde. Il se tourna, me guidant loin de la petite foule rassemblée autour d'Ivy et Owen, et m'emmena jusqu'au bar où Garrett avait pris le relais. Max s'arrêta au coin du bar, près des fenêtres. Sa main resta dans mon dos, la chaleur de ce contact traversait le tissu de soie. Après quelques minutes, je réussis enfin à arrêter de tousser.

En levant les yeux, je trouvai son regard bleu posé sur moi.

— Tu as avalé de travers? demanda-t-il.

Avec un soupir et une autre respiration, j'acquiesçai alors que mes yeux étaient emplis de larmes et que je posais mon martini. J'attrapai une serviette sur le bar et commençai à essuyer mes larmes.

— Je ne suis pas vraiment présentable à ce genre de soirée, dis-je avec un petit rire.

Max resta silencieux un moment puis sa bouche se recourba dans un coin. Oh bon Dieu, il ne devrait pas avoir le droit de sourire. Mon estomac trembla et des coulées de désir s'emparèrent de mes veines. Il regarda au loin, par-dessus son épaule, vers le gâteau coupé.

— Je crois qu'on a raté le moment drôle.

Je ris.

— La partie la plus importante de la journée est passée.

— Tu restes combien de temps? demanda-t-il, son regard revenant vers moi.

Sa question me surprit.

— Je suis à l'hôtel jusqu'à demain. Et toi?

Il haussa les épaules.

— Je ne sais pas. Tout est vraiment beau ici.

Alors que je le regardais, mon corps, ce traître, jetait des pensées cochonnes dans mon esprit. Max était vraiment beau à regarder. Et pourtant je savais que ce n'était pas ce dont il parlait. Je réussis à garder ces pensées pour moi, acquiesçant poliment.

— Oui.

Garrett nous rejoignit de ce côté du bar. Ça faisait deux jours que j'étais là et j'avais rencontré presque tout le monde dans la vie d'Ivy et Owen. J'avais rapidement appris que la famille Hamilton était constituée de belles personnes. Garrett ne faisait pas exception, avec ses cheveux sombres et brillants et ses yeux bleus. Son regard alerte semblait nous jauger alors qu'il nous regardait.

— Un autre verre? demanda-t-il, en jetant un œil à mon verre de martini presque vide.

— Oui, s'il te plait, dis-je rapidement.

Il me fallait quelque chose pour me détendre. Le fait que Max soit si proche de moi me mettait dans tous mes états.

— Et pour toi? demanda Garrett en se tournant vers Max.

Max secoua la tête.

— Non, ça va, merci. Je fais taxi ce soir, donc j'arrête là.

Garrett gloussa en me préparant un autre martini à la grenade.

———

Le reste de la soirée fut flou. J'avais trop bu, j'avais dansé et j'avais senti la chaleur du regard de Max sur moi à chaque fois que nos regards s'étaient croisés. Je le voulais. Vraiment.

Même un peu pompette, je ne pouvais pas oublier le fait que dès que j'étais attirée par un homme, c'était souvent une mauvaise décision. Je n'étais pas douée pour les aventures d'un soir. Je ne l'avais jamais été.

Je tombais amoureuse vite, je m'attachais et je prenais mon attirance pour quelqu'un pour autre chose. Ma psy, celle que j'avais vue après l'implosion de ma dernière relation, m'avait gentiment fait remarquer que je cherchais peut-être l'affection que je n'avais pas reçue de mon père.

J'avais été en quête d'amour presque toute ma vie. Entre la mort de ma mère et l'approche trop froide de mon père à mon éducation, qu'il voyait plutôt comme quelque chose qu'il ferait s'il avait le temps cette semaine-là, j'avais été en manque d'amour très longtemps. C'était pour ça que je lisais souvent beaucoup de choses dans de toutes petites actions.

Max était particulièrement tentant avec ses cheveux sombres et ses traits bien définis, mais c'étaient ses yeux qui retenaient toute mon attention. Un seul regard de cet océan frais et j'avais l'impression d'être nue, ses yeux allumant de petits feux partout sur ma peau.

À un moment de la soirée, je me retrouvai dans ses bras sur la terrasse. Étant donné qu'il était l'un des témoins du marié et moi l'une des demoiselles d'honneur, ça paraissait logique que l'on finisse par danser ensemble. Peu d'hommes aimaient danser, mais Max me surprit. Même avec ses airs d'homme sombre et contrôlé, il dansait extrêmement bien, me faisant facilement tourner sur la terrasse. Quand la musique changea et passa sur un slow, il m'attira près de lui juste au moment où je me dis qu'il était temps de m'enfuir.

Avec la chaleur du désir qui traversait mes veines et la sensation de son emprise musclée, mon corps rassura mon esprit en me disant que ça ne me ferait pas de mal de profiter quelques minutes. Il sentait bon, frais et poivré, tout en même temps. Ma tête arrivait à peine au niveau de son épaule, donc j'étais collée contre le torse de Max et son odeur m'enveloppait.

Alors que l'une de ses mains tenait la mienne et que l'autre était posée sur le bas de mon dos, ses doigts narguant le haut de mes fesses, je sentais l'humidité entre mes cuisses, la soie de ma culotte trempée. C'était vraiment une mauvaise idée.

— Alors Harlow, dis-moi ce que tu fais dans la vie, murmura-t-il.

Une question plutôt commune et parfaitement inattendue. Mais, pour moi, c'était une question piège parce qu'elle me rappelait encore et encore à quel point j'avais déçu mon père.

J'écartai ces pensées et répondis :

— Je suis pompière forestière. J'ai terminé ma formation l'année dernière.

Max trébucha légèrement, et je ne pus m'empêcher de rire en levant les yeux vers lui.

— Ça te surprend?

Il baissa les yeux vers moi et mon souffle se coinça dans ma gorge alors que mon estomac se remplissait de papillons. Cet homme était trop pour moi.

Il resta silencieux un instant, son regard explorant le mien alors qu'il sourire lent s'étendait sur son visage.

— Oui, tu m'as surpris.

Entre le sourire et le ton légèrement joueur de sa voix, je frissonnai. J'ordonnai à mon esprit d'ignorer les signaux fous de mon corps.

Un peu de tenue, *Harlow. N'oublie pas tes bonnes manières.*

— Et qu'est-ce que tu fais dans la vie, toi? réussis-je à demander.

Je sentis le haussement de ses épaules, un mouvement qui m'en dit un peu plus sur le torse musclé qui était collé à mes seins. Mes tétons se durcirent, me trahissant. Il semblait peser ses mots.

— Du business.

Ce fut tout ce qu'il dit.

J'étais juste assez pompette pour ne pas être polie.

— Eh bah, c'est bien vague ça, non?

Il sourit à nouveau, et mon estomac s'envola.

—Je préfère ne pas penser au boulot ce soir.

La chanson se termina et une chanson plus rapide commença. Quand Max recula, je me sentis nue. Mon corps essaya presque de le suivre comme un aimant mais je réussis à me contrôler. Heureusement, Ginger Nash, la belle-sœur d'Ivy, arriva avec deux verres en main.

— Champagne? demanda-t-elle en s'arrêtant à côté de moi.

Ginger était drôle et intelligente. Ses cheveux marron étaient remontés en chignon et ses yeux bleus brillaient. Elle serra mon bras alors que j'acceptais le verre offert et pris une gorgée.

— Je suis vraiment contente que tu sois là, dit-elle avec un grand sourire.

Ginger semblait avoir décidé que nous étions meilleures amies, même si nous nous étions rencontrées à peine quelques jours plus tôt. Elle était vraiment facile à vivre, chaleureuse et avait un humour espiègle.

Elle regarda Max, haussant les sourcils.

— Eh bah t'es canon toi, dis donc!

Max réagit à peine, ses lèvres tremblèrent.

— Oh, ne t'inquiète pas. Je ne te draguais pas. Je fais simplement une observation. Je suis très heureuse avec mon mari, dit Ginger, amusée.

Max haussa les sourcils avec un rire cette fois, ses yeux brillant d'amusement.

— Mais c'est un mariage, continua-t-elle. Donc peut-être que tu devrais trouver quelqu'un à séduire.

Max explosa de rire alors que Cam Nash arrivait, le

frère d'Ivy et mari de Ginger. Cam était un gars adorable, et un peu prince charmant. Un ancien skieur de haut niveau qui était maintenant coach de ski à la station.

Cam passa son bras sur les épaules de Ginger, acquiesçant dans ma direction et souriant à Max.

— Ignorez Ginger. Elle essaie toujours de jouer les entremetteuses.

Ginger lui donna un petit coup de coude et prit une gorgée de champagne.

— J'ai pas le droit d'être une romantique?

Cam, qui avait les mêmes cheveux et yeux qu'Ivy, lui lança un sourire.

— Tu as le droit, mais tout le monde n'a pas envie d'être poussé à la romance.

Ginger haussa les épaules, inchangée, ses yeux passant de Max à moi.

— Vous allez bien ensemble. C'est tout ce que je dis, lança-t-elle avec un clin d'œil.

MAX

Plus tard ce soir-là, je me garai devant le Midnight Sun Lodges. En jetant un œil à Harlow, je la trouvai endormie et je pris un moment pour la regarder. Ses cheveux étaient un peu ébouriffés après une soirée de danse et de rencontres. Ses cils noirs se recourbaient sur ses joues, et son visage était détendu par le sommeil, sans aucune ligne de tension.

Harlow était très tentante. Mais pour l'instant, il fallait que je la raccompagne jusqu'à sa chambre.

Après avoir garé la voiture sur une place non loin de l'entrée, je fis le tour et la pris dans mes bras doucement. Elle ne bougea même pas alors que je la soulevais contre mon torse. Elle soupira doucement, enfouissant sa tête dans mon cou, et mon cœur se tordit soudainement. Je ne savais pas pourquoi Harlow me faisait cet effet-là.

Il y avait un désir et bien plus sous la surface. Je brûlais de curiosité à son sujet. Elle m'avait vraiment choqué en m'annonçant qu'elle était pompière. En ordonnant à mon corps de bien se tenir, je l'emmenai dans l'hôtel.

J'eus besoin de la réveiller juste assez longtemps pour lui demander son numéro de chambre, qu'elle marmonna contre mon épaule avant de se rendormir immédiatement. Je l'allongeai sur le lit, prêt à me retirer, mais je la regardai à nouveau.

Grossière erreur.

Sa robe était remontée sur ses hanches, un éclat de soie bleue me narguant entre ses cuisses, et ses cheveux tombaient en boucles sur l'oreiller. Mes yeux passèrent à la vallée entre ses seins. Alors que je ramenais mon regard vers son visage, les yeux de Harlow s'ouvrirent et attirèrent les miens dans cette chambre d'hôtel sombre.

— Ne pars pas, murmura-t-elle.

Elle était pompette, et je le savais. Mais j'étais incapable de lui dire non. Pas quand ses yeux tenaient les miens, et qu'elle m'appelait de la main.

Avant que je comprenne ce qu'il se passait, j'avais retiré mes chaussures et ma veste, en me disant que je resterais simplement jusqu'à ce qu'elle s'endorme. Elle commença à retirer sa robe, s'emmêlant dans les manches.

Bordel. C'était une punition, mais je ne savais pas si je la méritais.

Quand elle se retrouva coincée au niveau de la taille, je réprimandai le désir qui montait en moi pour l'aider à retirer sa robe. Elle était tellement tentante dans son ensemble en soie bleue. Je me forçai à me rappeler le fait qu'elle avait trop bu, et je tirai rapidement la couverture sur son corps.

En m'agrippant à ma retenue, je m'adossai à la tête de lit, sur la couette, en l'écoutant marmonner qu'elle détestait les chambres d'hôtel et dormir seule. Mon cœur se serra à nouveau. Toute femme avec un passé émotionnel lourd me faisait habituellement fuir à toute vitesse, mais voir le côté vulnérable de Harlow ne faisait qu'accentuer l'effet qu'elle me faisait. Je ne resterais que jusqu'à ce qu'elle s'endorme.

J'avais vraiment l'intention de partir.

Le lendemain matin, je me réveillai doucement, me rendant soudainement compte que je m'étais endormi. Harlow était collée à moi. Ma queue était dure, mon corps était parfaitement conscient du fait que cette femme délicieuse était là, prête à être cueillie. Je pris une grande inspiration, pour me contrôler.

Il n'y avait pas beaucoup de situations dans lesquelles je doutais de ma capacité à me contrôler, mais en ce moment, mon désir pour elle me faisait presque mal. Le seul problème était que Harlow était une amie proche d'Owen et Ivy, et que je n'aimais pas tout mélanger. Faire des galipettes avec Harlow voulait dire mélanger.

Il y avait ça, et le fait que j'avais plus envie d'elle que de n'importe qui d'autre depuis très longtemps. La seule femme qui m'avait fait autant d'effet n'avait fait que prouver le fait que l'amour est une coquille vide. Cette femme était la raison pour laquelle je restais presque aussi professionnel dans mes relations amoureuses qu'au boulot.

Le sexe était une transaction pour moi, mais même si j'avais très envie de Harlow, je ne pouvais pas vraiment la traiter comme ça. Je bougeai doucement, en espérant quitter ce lit et partir discrètement. Dès que je commençai à bouger, Harlow fit de même, et je la sentis se réveiller. Elle se redressa d'un coup, les yeux grands ouverts. Elle me regarda, rougissant lentement.

Ses cheveux étaient emmêlés, et cachaient une partie de ses seins sous son soutien-gorge bleu. Alors que je la regardais, et parce que mes yeux avaient une volonté propre, je vis ses tétons durcir et jouer à cache-cache avec moi sous les mèches de cheveux.

Bordel.

— Oh mon Dieu! Qu'est-ce que tu fais là?! souffla-t-elle en attrapant un drap pour couvrir son corps.

Je m'assis rapidement sur le lit, soulagé d'être presque entièrement habillé.

— Il ne s'est rien passé, Harlow.

Ma queue s'acharnait contre ma braguette. Calme, calme.

Harlow se leva, tournant le drap et l'enroulant tout autour d'elle. J'explosai presque de rire, mais elle avait l'air tellement en colère que je me retins.

— Pourquoi est-ce que tu es là?

Elle se tint devant moi, comme une fichue déesse dans son drap, le regard noir, les joues rosies.

— Tu t'es endormie dans la voiture. Je t'ai amenée jusqu'à ta chambre, et tu m'as demandé de rester.

Je passai ma main dans mes cheveux, posant mes coudes sur mes genoux, ce qui me donna un peu de temps pour reprendre le contrôle de mon corps. Je n'avais pas ce genre de problème d'habitude. Mais bon, je ne passais pas non plus mon temps à dormir à côté d'une femme. Je couchais avec des femmes, je sortais au resto, j'avais même des plans culs réguliers, mais je ne restais jamais dormir.

Je n'avais pas respecté ma propre règle, et ça ne m'avait rien apporté.

— Je crois que tu devrais partir, dit Harlow, d'une voix tendue.

Je réussis à calmer ma queue en pensant fermement aux chiffres d'affaires de la compagnie que nous avions achetée récemment. Ils avaient vraiment fait n'importe quoi : un mauvais management d'équipe, donc les chiffres étaient plutôt mémorables.

Je me levai après une grande inspiration, et me tournai vers elle. Bon sang, elle était tellement magnifique. J'avais remarqué la nuit dernière qu'elle ne portait pas de maquillage, même pas de rouge à lèvres. Ses lèvres charnues et roses étaient tordues alors qu'elle se mordillait le coin gauche du bout des dents.

Mes yeux étaient attirés par cette vue comme un papillon vers une flamme, et ma queue menaçait d'ignorer mon cerveau encore une fois. Je changeai de vitesse, gardant mes yeux vissés sur les siens et repensant à mes colonnes de chiffres dans le négatif.

— Je m'en vais tout de suite.

Je fis le tour du lit, enfilai mes chaussures, attrapai ma veste posée sur la chaise et récupérai ma cravate.

— Merci de m'avoir déposée, dit-elle d'une voix étrange.

Elle semblait tendue et ça ne faisait qu'empirer les choses. J'adorerais voir cette tension se relâcher. J'avais l'impression que Harlow était sauvage au lit. C'était bien dommage qu'elle ne rentre pas dans mes cases. Tout d'abord, j'avais bien trop envie d'elle. C'était aussi l'amie d'un ami, et je n'avais pas besoin de me compliquer la vie.

— Combien de temps tu restes à Diamond Creek? demandai-je, m'arrêtant à la porte.

Harlow soutint mon regard. J'étais presque certain qu'elle n'avait pas remarqué que le drap était très serré autour de ses seins, et que je pouvais voir ses tétons tendus. Je supposais qu'elle ne me remercierait pas si je lui faisais la remarque, donc je restai silencieux et concentré sur son regard.

— Quelques jours peut-être. Et toi?

— Pareil. J'imagine que je te croiserai à la station ou à l'hôtel alors.

Elle acquiesça froidement.

— Je monterai un peu plus tard pour le petit déjeuner.

Je retins l'envie folle de lui demander si elle voulait que je la dépose et, en quittant l'hôtel, je décidai qu'il était sans doute mieux pour moi de garder mes distances avec Harlow. Elle était bien trop tentante.

HARLOW

Quelques jours après le mariage, je garai ma voiture de location devant chez Ivy et Owen, après avoir décidé d'accepter la proposition d'Ivy. Outre l'envie de passer un peu de temps au calme, j'avais décidé de suivre une piste pour un boulot. Il y avait une ouverture dans une équipe de pompiers forestiers dans une ville à quelques heures au nord d'ici.

J'avais besoin d'un coup de pouce pour couper le cordon avec mon père. Vivre dans son rayon d'influence faisait qu'il était difficile de supporter ses critiques incessantes, même si je savais très bien ce que je voulais. Je ne voulais pas travailler pour sa compagnie. La seule chose qui comptait pour lui, c'était l'argent. La seule raison pour laquelle il voulait que je travaille pour lui était pour pouvoir contrôler ce qui arriverait à la compagnie après sa mort.

Je ne voulais pas faire partie de tout ça.

Quand il avait appris que j'avais terminé ma formation de pompier de l'extrême l'année dernière, il m'avait ri au nez. Il aurait pu être curieux de ce que je faisais pendant un an dans le Montana, mais il voyageait tellement qu'il ne savait jamais ce que qui que ce soit d'autre faisait. J'aurais pu déjà travailler, mais certains évènements avaient dérouté ma vie.

J'étais enfin prête à reprendre le contrôle. Peut-être que devenir pompière forestière était un peu fou, mais j'adorais ce boulot. J'adorais l'aspect physique intense, l'immersion dans la nature, et le sentiment de force que ça me donnait. Je doutais pouvoir faire ça pour toujours, c'était le genre de boulot où on prend sa retraite jeune, mais je ne pouvais plus dépendre de mon père. Je ne voulais pas de son argent, je voulais simplement me libérer de son emprise. Un boulot dans une ville à 8000 km de chez lui pourrait sans doute aider.

En descendant de la voiture, j'attrapai mon sac dans le coffre et fouillai mon sac à main à la recherche de clés. Je mis la clé dans la serrure de la porte latérale et découvris qu'elle était déjà ouverte. Avec un rire, j'entrai dans la maison. Je retirai mes chaussures, posai les clés sur la table basse avant de jeter mon sac sur le canapé. Leur maison n'était qu'espaces ouverts, luminosité et confort. Elle était de forme octogonale. Le premier étage, où on entrait, était grand ouvert, mis à part une porte qui menait à la salle de bains et buanderie. La cuisine occupait tout un côté avec un ilot arrondi qui faisait face au salon. La chambre parentale prenait tout le deuxième étage de leur maison.

Je me baladai jusqu'au rez-de-chaussée pour poser mon sac dans la chambre d'amis et revins en haut pour voir s'il fallait que j'aille faire des courses. Ivy m'avait dit de me servir dans tout ce qu'ils avaient. La cuisine était pleine de réserves, donc je n'avais pas besoin de bouger tout de suite.

Après une douche rapide, je décidai de faire de mon confort une priorité. Personne n'allait passer me voir, donc je pouvais porter ce que je voulais. Soit un long t-shirt qui tombait sur mes hanches, des sous-vêtements et de grosses chaussettes. J'avais l'impression de vivre hors du temps. J'avais une jolie maison, avec une vue spectaculaire sur les montagnes et l'océan, rien que pour moi. Un paradis.

J'avais attrapé une bouteille de vin dans la réserve, en faisant une note mentale pour me rappeler de la remplacer avant de partir, puis me mis à cuisiner pour me faire un petit diner. Après avoir mangé, j'attrapai mon verre de vin et me plaçai devant la fenêtre pour admirer cette vue magnifique. Les montagnes s'élevaient haut dans le ciel alors que le soleil descendait vers l'horizon, laissant des rayons de rouge et de violet sur son passage. Je pris une grande inspiration et la relâchai doucement. La tension que je portais depuis longtemps commençait enfin à se défaire.

L'Alaska était peut-être ce dont j'avais besoin pour une coupure définitive.

— Excuse-moi.

Une voix grave dans mon dos me fit sursauter au point de presque lâcher mon verre.

Un éclair traversa ma colonne vertébrale. Je connaissais cette voix : grave, rauque et bien trop sexy. Une chaleur s'empara de la surface de ma peau, puis je me souvins que j'étais presque nue. Ce n'est pas possible. Je me retournai, les yeux écarquillés au moment où je trouvai le regard de Max.

Il plissa les yeux.

— Harlow, qu'est-ce que tu fais là?

— Ivy m'a proposé de rester chez eux, lâchai-je, regrettant d'être pompette après quelques verres de vin.

Évidemment, il fallait que je tombe sur Max à un moment comme celui-ci. Je l'avais vu plusieurs fois depuis le mariage. Mais j'avais toujours réussi à être habillée et à une bonne distance de lui. *Sauf ce soir apparemment, Harlow.* Je serrai les dents. *Tais-toi, cerveau, tu n'aides en rien.*

Aujourd'hui, il portait un jean et un maillot de foot, et le coton délavé caressait son torse musclé. Mes yeux se posèrent immédiatement sur la peau qui apparaissait là où le maillot s'ouvrait, trois boutons défaits. Sa peau était d'un doré un peu brûlé. Ce petit morceau me donnait envie de le lécher.

Son jean tombait bas sur ses hanches. Alors qu'il levait une main pour la passer dans ses cheveux, son t-shirt remonta, révélant les muscles bien définis de sa taille. J'en avais l'eau à la bouche et ma culotte était trempée.

— Qu'est-ce que tu fais là?

Super Harlow, tu répètes simplement sa question.

— Owen m'a proposé de rester chez eux, dit-il, sa voix rauque me faisant frissonner.

Il laissa son sac tomber au sol en un bruit sourd. Je me forçai à me concentrer. Le simple fait de le regarder me donnait chaud partout.

— Oh, réussis-je enfin à dire.

Je perdais toute capacité à faire la conversation en sa présence. Un peu étourdie par le vin et avec un corps qui me trahissait, j'allais devoir me reprendre vite.

— Euh...

Encore une fois, la poésie qui sortait de ma bouche semblait devoir se limiter à des monosyllabes. Son regard traça l'entièreté de mon corps avant de remonter vers mon visage, trop lentement à mon goût. Mes tétons pointèrent, comme à leur habitude. Un simple regard de sa part m'enflammait.

— J'imagine qu'Ivy et Owen ne se sont pas concertés, dit Max avec un sourire amusé quand ses yeux trouvèrent enfin les miens.

Je restai silencieuse parce que je savais qu'Ivy avait dit à Owen que je passerais une semaine chez eux. Je me demandais à quoi ils jouaient.

— Je peux te laisser l'espace, dis-je enfin.

Max commença à avancer vers moi, d'un pas décidé. Avec chaque mètre perdu, mon sexe se serrait et mon estomac papillonnait furieusement. Mes seins étaient tendus et douloureux, et mon pouls s'affolait.

En fait, non. Je savais exactement à quoi Ivy et Owen jouaient.

Chapitre Cinq

MAX

Alors que j'avançais vers Harlow, mon esprit réfléchissait à deux options. L'une était de prendre la bonne décision et de partir. Tout de suite.

L'autre était de faire exactement ce que je voulais : succomber aux désirs que je repoussais depuis trois longues journées. Parce que je voulais Harlow. Je la voulais avec tant de férocité que c'en était à peine tenable.

Elle écarquillait les yeux, ses joues étaient roses, et ses lèvres étaient tachées du vin rouge qu'elle tenait dans la main. Elle était tout sauf artificielle et c'était vraiment agréable; elle ne semblait pas savoir à quel point elle était belle. Son t-shirt tombait juste en dessous de ses hanches et elle portait de grosses chaussettes en laine qui lui arrivaient à mi-mollet. Même si son t-shirt était ample, il ne cachait en aucun cas ses atouts.

Le tissu s'étirait sous ses seins, dévoilant les tétons qui pointaient en dessous. Le désir jouait sur moi comme un fouet, son emprise resserrant chaque molécule de mon corps.

Un seul regard vers elle et j'étais en feu. Je fis un choix réfléchi. Même si Harlow était l'amie de deux de mes meilleurs amis, il paraissait peu probable que l'on se recroise un jour. Si elle travaillait pour son père, j'aurais peut-être besoin de m'inquiéter de la croiser mais apparemment elle était pompière. Je ne savais même pas quoi penser de ça.

Je me dis que passer trois jours au lit avec Harlow suffirait sans doute à éteindre ce désir fou.

Quand j'arrivai à son niveau, son souffle sursauta légèrement. Je vis son pouls battre sous la peau de son cou. L'envie de plonger la tête et de passer ma langue le long de cette douce peau et de goûter cette odeur de miel et de vanille qui émanait d'elle prit presque le dessus.

Je me repris en main, en essayant de contrôler le besoin qui s'acharnait en moi. Comme si elle pouvait lire dans mes pensées, ses yeux marron s'assombrirent.

— J'ai une idée, dis-je.

— Ah oui?

— Je ne pense pas qu'on se recroisera un jour. J'ai envie de toi, et tu as envie de moi.

Ses joues s'assombrirent dans une nuance de rose.

— Je ne...

Elle laissa sa phrase en suspens alors que je soutenais son regard.

— Je suis bien élevé. Je ne ferais rien dont tu n'as pas envie. Mais je pense que c'est stupide de nier l'évidence.

Je ne connaissais pas très bien Harlow, mais je sentais une couche d'acier sous cette carapace discrète. L'air autour de nous montait en chaleur, vibrait de la force du désir qui passait entre nous. Je n'étais pas quelqu'un qui s'inventait des réalités, mais ça ne m'aurait pas surpris de voir des étincelles entre nous.

Harlow prit une gorgée de son vin. De la colère passa dans ses yeux et ma queue se redressa contre ma braguette.

— Je n'allais pas nier l'évidence, dit-elle enfin, posant sa main libre sur sa hanche et remontant son t-shirt juste assez pour délicieusement dévoiler la courbe de cette dernière. Mais ça ne veut pas dire que je veux agir en conséquence.

C'était une femme intelligente. J'étais un homme intelligent. La plupart du temps.

Mais à ce moment, j'avais du mal à trouver des pensées rationnelles. Le seul espoir que j'avais à l'instant était de la convaincre de ne pas s'inquiéter de l'avenir et de se lancer avec moi dans ce pari fou. On pourrait se réduire en cendres et repartir sans une trace.

Avant que je réalise ce que je faisais, j'avais levé la main pour écarter une mèche de cheveux de son front et la ranger derrière son oreille. Je sentis un frisson la parcourir et mon corps se tendit en réponse.

— Je propose simplement un arrangement de trois jours. Rien que nous. On se laisse aller puis on part chacun de notre côté. C'est tout. Je ne vais pas te mentir. Je ne suis pas du genre à faire du sérieux. Si c'est ça qui t'inquiète, pas besoin.

Harlow me fixa du regard, ses lèvres s'écartant doucement, sa langue apparut pour lécher sa lèvre inférieure. J'aurais voulu pouvoir lire dans son esprit. D'habitude, je me fichais complètement de ce que les autres pensaient. Mais avec Harlow, c'était différent. Je voulais savoir ce qui lui faisait de l'effet.

S'éloigner de la compagnie de son père n'avait aucun sens. Devenir pompière n'en avait pas non plus. Mais d'une certaine manière, tout cela était logique. Je sentais sa puissance et son petit côté téméraire. Je sentais qu'elle essayait de rester droite et je voulais lui permettre de se détendre. Elle prit une autre gorgée de vin, se retournant et s'éloignant rapidement. Comme si un fil invisible me rattachait à elle, je la suivis sans réfléchir.

— Alors?

Son souffle sursauta à nouveau. Il lui suffisait de respirer pour que mon désir me brûle.

— D'accord, dit-elle doucement.

C'était tout ce dont j'avais besoin. J'attrapai ses longues boucles noires dans ma main et formai un poing. Je m'approchai d'elle, me collai à son dos, grognant presque quand la longueur douloureusement dure de ma bite s'installa entre ses fesses rondes. Sa tête tomba en arrière contre mon épaule.

En déposant des baisers le long de son cou, je vis sa peau rougir sous mes lèvres. Un gémissement doux lui échappa quand je passai ma langue au même endroit.

Elle se tendit puis se décolla de moi pour se retourner. Ses cheveux se libérèrent de ma main alors que son regard se confrontait au mien.

Chapitre Six

HARLOW

— Quelques règles de départ, dis-je alors que je fixais les yeux de Max et tentais de m'accrocher au peu de contrôle que j'avais sur mon esprit et mon corps.

Le regarder dans les yeux était presque dangereux. Bon sang, tout chez lui était dangereux.

Max me regarda et haussa les sourcils. Cela suffit à me submerger d'une nouvelle vague de chaleur et à déclencher les papillons dans mon estomac. Être si proche de lui me faisait perdre la tête. J'avais l'impression que l'air de la pièce avait pris vie, vibrant de désir. Il était difficile d'imaginer que Max me désirait autant que je le désirais, mais la lueur dans son regard semblait prouver cette théorie. Ses yeux étaient si sombres et si déterminés qu'ils me coupaient le souffle.

J'étais simplement devant lui, à le regarder, quand il haussa les sourcils un peu plus haut, sa bouche se tordant en un sourire amusé, me retournant l'estomac encore une fois.

Qu'est-ce que je disais? Ah oui, les règles. J'avais dit que nous avions besoin de règles de base.

Elles étaient plus pour moi que pour lui. Je perdais

déjà les pédales. Ma tendance à vouloir m'enrouler dans la force de quelqu'un, ma fascination avec les histoires d'amour, ces envies-là étaient puissantes.

Cette attirance était trop intense, et une force à laquelle je ne pouvais pas résister.

— Règles de base, répétai-je.

Je voulais parler fermement, mais ma voix sortit rauque.

Je redressai mes épaules, et je sentis son regard descendre vers mes seins plus que je ne le vis. Mes tétons se tendirent encore plus, se redressant et le suppliant en mon nom. Je sentis mes joues rougir quand ses yeux remontèrent, pleins de joie.

— Je t'en prie, explique-moi les règles de base, Harlow.

À chaque fois qu'il disait mon nom, j'avais l'impression qu'il me faisait l'amour. Grave et un peu bourrue, sa voix me faisait frissonner.

— Pas trois nuits, une nuit.

Cette règle allait à l'encontre de tout ce que je voulais, mais je ne pouvais pas me laisser en avoir plus.

C'était comme si Max pouvait lire en moi comme dans un livre ouvert. Il pencha la tête sur le côté.

— Peut-être.

— Peut-être?

Je posai ma main sur ma hanche, plissant les yeux pour avoir l'air sévère.

— C'est une des règles. Une seule nuit.

Son sourire était lent et dévastateur.

— Si tu dis toujours la même chose demain matin, alors tu as ma parole.

Oh, il était tellement arrogant!

— Comment est-ce que je peux savoir si tu es un homme qui tient parole?

Malgré mon agacement, tout cela m'amusait. Alors

qu'une chaleur montait en moi, et que j'étais parfaitement consciente de l'humidité entre mes jambes, je levai le menton.

Max gloussa.

— Owen est l'un de mes meilleurs amis. Si tu le connais bien, et il me semble que c'est le cas, alors tu sais que tu peux me faire confiance. Tu peux l'appeler si tu veux vérifier.

Malgré les erreurs passées de mon cœur et ma tendance à tomber folle amoureuse d'hommes qui étaient très mauvais pour moi, je faisais confiance à Max. Pour cette raison exacte.

— Très bien.

— Pas besoin de l'appeler pour vérifier? contra-t-il.

Je secouai la tête.

— D'autres règles?

— Cette histoire d'une seule fois.

Max acquiesça sérieusement.

— Je ne pense pas qu'on se recroisera. Mais si on se recroise, ça ne changera rien. Autre chose?

Mon désir se resserrait dans mon centre, l'anticipation vibrait en moi. Je secouai la tête. Je n'avais pas d'autres règles mais, maintenant, la chose était devant nous. Le simple fait d'avoir Max si proche de moi m'enflammait presque.

Il tendit le bras, attrapant ma main dans la sienne et effaçant la distance qui nous séparait. Alors que la chaleur et la force de son corps s'écrasaient contre le mien, mon pouls explosa. Ma respiration s'accéléra alors que du besoin pur coulait dans mes veines.

— Harlow, dit-il.

Il passa une main dans mes cheveux, la glissant jusqu'à la base de mon cou. Son toucher me donnait la chair de poule.

Puis ses lèvres trouvèrent les miennes. Je ne

pouvais pas dire que je ne m'y attendais pas, mais je pense que je m'attendais à ce qu'il me domine dès le début. Et d'une certaine manière c'était le cas, mais pas comme je l'avais imaginé. Au moment où ses lèvres rencontrèrent les miennes, un éclair me traversa, me touchant en plein cœur.

Ce contact n'était qu'une éraflure de ses lèvres sur les miennes. Il embrassa un coin de ma bouche, puis l'autre, dépassant ainsi toutes mes lignes de défense. Sa langue passa sur mes lèvres et plongea dans ma bouche. Il tenait encore l'une de mes mains fermement, mais il passa son autre paume le long de ma colonne vertébrale et sur mes fesses, les caressant et y plantant son excitation.

Il était entièrement habillé, alors que je ne portais quasiment rien. J'aurais dû me sentir vulnérable. Et d'une façon, je l'étais, mais pas de la façon dont je m'y attendais. Mon cœur était immédiatement en danger; mon cœur si optimiste, si compliqué, savourait sa force et la profondeur du désir qui brûlait entre nous.

Alors que sa langue s'emmêlait à la mienne, et que sa bosse dure et chaude était au sommet de mes cuisses, un élan de puissance me traversa. Le fait que cet homme me veuille si férocement était un sentiment qui montait à la tête. Quand il se recula légèrement, en attrapant ma lèvre inférieure entre ses dents, je tentai de m'accrocher à un semblant de contrôle alors que je suffoquais presque.

— Harlow, murmura-t-il d'une voix rauque qui me donna la chair de poule encore une fois.

En ouvrant mes yeux, je trouvai son regard qui m'attendait, ce bleu glacial assombri devenu saphir. Son regard était si intense que je ne pouvais pas détourner les yeux.

J'essayai de reprendre mon souffle, réussissant à murmurer :

— Oui?

Il lâcha mes cheveux et passa sa main le long de ma clavicule, puis descendit plus bas pour prendre un de mes seins à travers mon t-shirt, mes tétons si tendus que j'en avais mal. Son pouce passa sur l'un d'entre eux et je ne pus retenir le long gémissement qui m'échappa. Je bougeai mes jambes, impatiente, ce qui ne faisait qu'accentuer le besoin qui se nouait au sommet de mes cuisses.

— Ce serait le moment idéal de me dire si tu n'as pas envie qu'on aille plus loin, dit-il enfin.

Je manquai d'exploser de rire. J'aurais pu essayer de mentir ouvertement et de lui dire que je n'avais pas envie de lui, mais avec ce désir qui faisait des ravages en moi et l'alarme de mon corps qui sonnait à fond, il n'y avait rien d'autre au monde que je voulais plus.

Je secouai la tête, gémissant encore alors que son pouce taquinait mon téton.

— C'est un « non, tu ne veux pas arrêter » ou un « non, tu ne veux pas qu'on aille plus loin »?

Il me forçait à être directe.

— J'en ai envie.

Un air de satisfaction s'empara de ses yeux.

— Bien. Parce que j'ai envie de toi, dit-il platement.

Ses mots me firent un nouveau choc de puissance.

Il pencha la tête rapidement, posant ses lèvres autour de mon téton à travers mon t-shirt, la chaleur humide de sa bouche et le frottement du tissu me poussant à hurler. Puis il posa sa bouche sur mon autre sein, et je fondis presque au sol. Quand il releva la tête, je baissai les yeux pour voir deux points tendus qui poussaient contre le tissu mouillé.

Tout alla plus vite après ça. Ses mains étaient partout : attrapant mes fesses, passant sous mon t-shirt, la brûlure subtile de sa peau sur la mienne me faisant frissonner de chaleur.

J'avais besoin de plus. Je passai ma main sous son t-shirt, savourant la chaleur de sa peau. Avec un grognement grave, je me cambrai contre la longueur dure et chaude de sa queue.

— Harlow...

En ouvrant les yeux, je le trouvai en attente. Il attrapa le verre de vin dans ma main. En tournant lentement sur lui-même, il le posa sur le bord de la fenêtre derrière nous et me souleva contre lui. Par réflexe, j'enlaçai sa taille de mes jambes.

Il me tenait facilement. En quelques pas, il arriva au comptoir de la cuisine et y posa mes fesses, le contraste de température de ma peau contre le carrelage frais ne fit que m'exciter plus. Il accrocha sa main au bas de mon t-shirt et l'arracha par-dessus ma tête. Il vola dans l'air, tombant au sol d'un mouvement léger.

Je restai là, avec rien d'autre que ma culotte bleu en soie et une paire de chaussettes. Je me sentais nue alors que ses yeux passaient sur mes seins, et que mes tétons se tendaient encore plus à la chaleur de son regard sur ma peau. En s'avançant entre mes cuisses, il attrapa l'un de mes seins, jouant avec la pointe du bout du pouce.

— Tu es magnifique, Harlow.

Un petit son s'échappa de ma gorge alors que mes hanches se cambraient contre lui. Libérant mon sein, il attrapa mes hanches pour me rapprocher du bord.

Tout devint flou. Il passa sa langue dans mon cou, sur ma clavicule puis plus bas pour lécher mes tétons, alors que ses dents les taquinaient doucement. Lorsque je tirai sur son t-shirt, je fus soulagée quand il recula pour le retirer. Je vis son torse brièvement, tout en muscles sous une peau olive avec des poils noirs qui formaient une ligne vers le bas.

En arrachant sa braguette, je plongeai la main dans son jean et enroulai ma main autour de sa bite, gémissant presque en la sentant. Il me rendait folle, avide, me donnait envie de tout à la fois. Ses doigts passèrent sur mon ventre et plongèrent entre mes cuisses, me provoquant par-dessus la soie mouillée.

Il me souleva facilement, accrochant ses doigts au bord de ma culotte pour la retirer. Je la jetai plus loin du bout du pied alors qu'il revenait se placer dans la cage de mes genoux et alors que je libérais sa queue de son caleçon. Ses doigts jouaient avec mes plis, qui étaient trempés de désir.

Je ne voulais pas attendre. J'avais besoin de l'avoir tout entier, tout de suite. Il enfonça deux doigts en moi, jusqu'à la paume. Je hurlai, m'agrippant à ses épaules alors que je me cambrais à son toucher. Je sentis ses yeux sur moi et je voulais détourner le regard, mais je n'en étais pas capable. C'était comme si un aimant attirait mes yeux vers les siens alors qu'il me baisait doucement avec ses doigts.

— Laisse-toi aller, dit-il doucement.

Après son ordre, il posa son pouce sur mon clitoris et se mit à faire de petits cercles. Mon plaisir se libéra en une explosion, mon canal se serrant sur ses doigts alors que je criais de plaisir.

Une seconde plus tard, alors que je redescendais encore d'un orgasme intense, j'entendis le son d'un emballage qu'on ouvre. En forçant mes yeux à s'ouvrir, je le vis enfiler un préservatif. Son jean tombait bas sur ses hanches. Il me rapprocha du bord du plan de travail, me taquinant avec la tête de sa queue. Encore à bout de souffle après mon explosion, je sentais déjà le cycle recommencer en moi. J'avais besoin de le sentir en moi. Je voulais que ce soit brutal, profond et rapide.

Max me prit exactement comme je le voulais. Après quelques va-et-vient de plus dans mes plis trempés, il murmura mon nom. Au moment où je trouvai son regard, il plongea en moi d'un coup rapide, me remplissant profondément.

Ça faisait un an que je n'avais pas couché avec qui que ce soit. J'étais serrée, mais cette légère sensation de brûlure alors qu'il me remplissait était la bienvenue. J'en avais besoin, de ce mélange de plaisir et de douleur.

Chapitre Sept

MAX

En regardant Harlow, je restai concentré. Elle était encore plus bonne que ce que j'aurais pu imaginer : chaude, mouillée et tellement serrée que je manquai de jouir rien qu'en plongeant en elle.

Je voulais la voir exploser encore une fois. J'agrippai ses hanches d'une main ferme pour qu'elle ne bouge pas. En levant l'autre, j'écartai ses cheveux de son visage, me délectant du frisson que ça lui déclencha. En passant ma main dans ses cheveux puis le long de son dos, j'attrapai son joli cul pour la rapprocher de moi. Quand je pensai me contrôler assez, je reculai et plongeai à nouveau en elle, encore et encore et encore.

— Touche-toi, murmurai-je.

Les mots m'échappèrent simplement. En passant sa main entre nous, son doigt plongea entre ses lèvres et je la regardai appuyer sur son clitoris rose et gonflé. Elle hurla, sa chatte palpitant autour de moi. Mon explosion à moi arriva peu de temps après, presque brutalement. Une chaleur me serra à la base de la colonne vertébrale et me donna un coup de fouet, un plaisir si intense que mes genoux me lâchèrent presque.

Ma tête tomba dans le creux de son épaule et son corps s'enroula autour de moi. Ça aurait dû être le moment où je m'écartais. Mais je ne fis rien, je ne pouvais pas bouger. Je voulais rester juste là, plongé en elle, pris dans cette intimité frissonnante.

Harlow finit par lever la tête, ses yeux trouvant les miens. On resta silencieux plusieurs instants. Je voulais savoir à quoi elle pensait, et c'était dangereux.

———

Le lendemain matin, je me réveillai dans l'obscurité. Je sentis le corps de Harlow, doux et chaud, contre le mien. L'une de ses jambes était enroulée au-dessus de la mienne, et sa tête était nichée contre mon épaule. La nuit dernière n'avait pas suffi à dissiper le désir que je ressentais pour elle. À ce moment précis, ma queue gonflait en la sentant près de moi. Dans mon sommeil, j'avais enroulé un bras autour d'elle, ma main caressant ses fesses rondes.

Rien de tout cela ne me dérangeait. Non, ce qui me dérangeait était la pression sur mon cœur quand je l'avais attirée près de moi juste avant qu'elle ne s'endorme la nuit dernière. Je n'étais pas un homme bête. Je n'avais aucun mal à me contrôler. La plupart du temps.

Je pensais que je pourrais la goûter et repartir comme si de rien n'était. Il fallait que je sorte de ce lit avant de me laisser aller à plus et de laisser l'intimité qui se cachait dans ce désir nous nouer l'un à l'autre.

Quelques heures plus tard, quand le soleil se leva enfin, je reçus un e-mail sur mon ordinateur portable, là où je m'étais installé pour travailler, sur le comptoir de la cuisine. J'aurais dû être soulagé en voyant cet e-mail, mais je ne l'étais pas. On venait de me donner l'excuse parfaite pour partir. Exactement la réunion d'affaires urgente qu'il fallait pour me remettre sur le droit chemin.

Harlow sortit de la salle de bains alors que je buvais ma dernière gorgée de café. Mon corps entier se tendit en la voyant. Ses cheveux sombres tombaient en boucles et ses joues étaient encore roses de sommeil. Elle portait encore un t-shirt et des chaussettes, ce qui faisait battre mon cœur plus fort.

— Pas besoin de t'inquiéter des règles de base, dis-je en posant ma tasse vide dans l'évier.

— Ah?

— Une urgence au boulot, donc tu as la maison pour toi toute seule.

Elle resta silencieuse, ses yeux sondaient mon visage. Pendant un instant, mon cœur se heurta fort à mes côtes. Je crus voir une pointe de déception dans ses yeux, et ça me tua presque.

C'était exactement pour ça qu'il fallait que je parte d'ici.

Chapitre Huit

HARLOW

Un an et quelques plus tard

Je posai ma main sur ma hanche et passai ma manche sur mon visage, posant les yeux sur les arbres brûlés qui s'étendaient devant moi. En me retournant, je fis quelques pas vers un tronc couché, me penchant en avant pour attraper une bouteille d'eau et la boire d'une traite. De l'autre côté, je voyais Denali au loin, la pièce maitresse des montagnes d'Alaska. On finissait un feu contrôlé à une heure au nord de Willow Brook, là où j'avais décroché un poste de pompière forestière l'année dernière.

Être pompier de l'extrême était exactement ce que j'avais imaginé, et plus encore. J'étais enfin libre de la tension brutale qu'il y avait entre mon père et moi, et je m'étais plongée dans mon travail. Ce boulot me faisait le cadeau de vivre dans la nature. J'adorais les coins sauvages, depuis toujours. Je supposais que c'était parce que j'avais rarement pu en voir quand j'étais enfant, à passer d'une chambre d'hôtel à une autre. Mon emploi du temps d'enfance avait été entièrement dicté par le boulot de mon père.

En ce moment, même avec l'odeur de fumée qui flottait encore dans l'air et la partie brûlée de forêt que nous venions de nettoyer car elle était pleine d'arbres morts, la beauté de ce lieu me mettait presque à genoux. Ici, le ciel bleu semblait infini. Les lignes puissantes des montagnes et leurs sommets me coupaient le souffle. De l'autre côté, la nature s'étendait aussi loin que mon regard. C'était la fin de l'automne, bientôt le mois de novembre, l'air était frais et l'hiver se préparait à prendre le pouvoir.

— Harlow! appela une voix.

En me retournant, je vis Ward Taylor, le surintendant de mon équipe qui me faisait signe de le rejoindre. Nous quittions le site cet après-midi, et nous retournions à Willow Brook. Je supposai que notre hélicoptère arriverait d'une minute à l'autre. En attrapant mon sac à dos, j'y enfouis ma bouteille d'eau et le jetai par-dessus mon épaule avant de courir jusqu'à Ward qui m'attendait. L'autre moitié de notre équipe était rentrée plus tôt ce matin.

— Quoi de neuf? demandai-je dès que je m'arrêtai devant lui.

J'aimais bien avoir Ward comme patron. Je le respectais complètement, tout comme le reste de l'équipe. J'imagine qu'il aurait pu être un peu intimidant. Mais il avait une grosse faiblesse. Il suffisait de le voir une fois avec sa femme Susannah et leur fils, et il perdait tout côté intimidant. Il les adorait.

Cela dit, il était grand, tout de muscles, et plutôt beau. Lui et Susannah faisaient un très beau couple. Ses cheveux blonds et ses yeux bleus faisaient un parfait contraste avec les cheveux sombres de Ward et ses yeux argentés. Susannah était devenue une bonne amie depuis que j'étais arrivée à Willow Brook. C'était la seule autre femme des équipes de pompiers forestiers installée à la caserne de Willow Brook, pour l'instant. Elle faisait partie de l'équipe de Ward et c'était comme ça qu'on était devenues amies, mais elle faisait maintenant partie d'une autre équipe. Après être tombée enceinte, elle avait fait un transfert vers l'équipe locale pour s'adapter à la réalité de ce que c'est que d'avoir un bébé, et j'avais pris son poste. Il y avait plein de boulots compatibles avec le fait d'élever un bébé, mais le poste de pompier de l'extrême rendait la tâche difficile, ne serait-ce que par les semaines passées sur le terrain.

Moi, j'étais encore célibataire, sans personne qui m'intéressait. Mon esprit commença à tourner dans cette direction, donc je me forçai à me concentrer sur le boulot. Ward n'avait pas encore répondu à ma question, car il avait été distrait par le commentaire de quelqu'un d'autre. Je laissai mon sac à dos tomber lentement au sol et secouai mon bras pour le libérer de la lanière.

Ward se retourna vers moi.

— Nate vient de nous appeler par radio, il sera là d'un moment à l'autre pour nous ramasser.

Comme s'il avait entendu son nom, le son des pales d'un hélicoptère résonna au loin et, quelques minutes plus tard, il atterrissait. En plus de voler dans les ciels d'Alaska pour transporter des touristes, Nate Fox faisait des livraisons d'eau et des agents ignifuges au-dessus des incendies et, parfois, il transportait nos équipes d'un site à l'autre. Nate descendit une fois que l'hélicoptère fut posé au sol, en nous faisant signe de nous approcher.

Nate s'arrêta à côté de son frère, Caleb Fox, qui était l'un des contremaitres de notre équipe. Lui et

Caleb se ressemblaient tellement que c'en était drôle. Ils avaient tous les deux des cheveux bruns, les yeux marron, et avaient une démarche qui mélangeait force brute et élégance. D'eux deux, Nate était le plus détendu. Nate lança un sourire au groupe.

— Vous êtes prêts?

Caleb haussa les sourcils.

— Bien sûr qu'on est prêts, et on est crevés, donc on se bouge.

Nate haussa simplement les épaules et se retourna, nous faisant signe de le suivre. En peu de temps, notre équipement était monté, et Nate levait lentement l'hélicoptère vers le ciel. Après un temps à regarder les paysages défiler sous nos pieds, je reposai ma tête sur mon siège, pensant à la douche chaude qui m'attendait.

Il n'y avait pas grand-chose de plus agréable qu'une douche après quelques semaines en campagne. Aucune richesse n'était comparable. Tout ce que je voulais, c'était me réchauffer et me laver. Ça n'avait pas été une longue mission du tout, nous n'étions là que depuis une semaine, mais ça avait été beaucoup de boulot. Nous nous occupions de plusieurs feux contrôlés avant le début de l'hiver. Faire trempette dans des rivières glacées n'était pas vraiment la même chose qu'une douche bien chaude pour soulager des muscles fatigués d'être poussés à la limite, jour après jour.

Ma vie en ce moment était tellement différente de tout ce que j'avais vécu auparavant que, parfois, je ne savais pas quoi en penser. Quand j'avais le temps d'y réfléchir, mon esprit revenait à un moment précis auquel j'avais beaucoup pensé. Bien plus souvent que je ne l'aurais souhaité, Max Channing se faisait une place dans mes pensées. Enfin, le dire comme ça n'était pas exact. Il occupait une place centrale dans tous mes fantasmes. J'avais joui assez de fois rien qu'en pensant à cet homme que j'en rougissais rien que d'y penser.

Et chacun de ces orgasmes semblait bien pâle en comparaison de l'original, même si je restais convaincue que Max avait gâché tout futur homme à mes yeux. Ce n'était pas peu dire, pour moi. J'étais une éternelle optimiste quand il s'agissait des hommes. Je voulais toujours lire du positif entre les lignes. Encore maintenant, mon esprit empruntait cette voie. Max partirait sans doute en courant s'il me voyait en ce moment. Je me forçai à penser à autre chose, me reprochant mes mauvaises pensées. Je levai la tête et regardai les montagnes défiler sous l'hélicoptère.

———

Plus tard ce soir-là, je passai la porte vers l'entrée de la caserne, m'arrêtant à l'accueil. Maisie Steele riait, ses boucles brunes rebondissant alors qu'elle secouait la tête. Penchée sur le comptoir qui entourait Maisie, Susannah jeta un œil vers moi, haussant les épaules, penaude.

— Je ne suis pas une maman aussi douée que Maisie. Je jure que c'est impossible de réussir à faire faire ses nuits à Wayne. J'ai l'impression d'être complètement nulle, dit Susannah.

Le regard de Maisie redevint sérieux.

— Tu n'es pas nulle. Il a fallu un an à Max pour faire ses nuits. Avec Carol, c'est plus simple, mais je ne sais pas vraiment pourquoi, commenta-t-elle, en parlant de son bambin et de sa nourrissonne.

Susannah soupira, les yeux fatigués.

— C'est plus simple quand on peut alterner qui se lève la nuit.

— Eh bah Ward est revenu au moins, offris-je.

Susannah sourit doucement.

— Je sais. Je n'ai pas bien géré l'emploi du temps, c'est soirée cartes, ce soir.

Maisie sourit.

— Je crois que tu devrais rester à la maison ce soir. D'ailleurs!

Son regard se tourna vers moi.

— Et si tu venais?

Maisie était l'opératrice de la caserne de Willow Brook, et c'était une nouvelle amie, comme Susannah. J'étais là depuis presque un an, et je commençais doucement à m'intégrer à la communauté. Parfois, j'avais l'impression d'avoir besoin de suivre un cours de sociabilisation. Je n'étais jamais restée au même endroit pendant longtemps, donc m'intégrer à une communauté comme ça était nouveau pour moi. Tout comme le fait d'avoir des amis. Comme j'avais passé la plupart de mon enfance avec des adultes, je n'avais pas beaucoup d'amis. Ivy était ma meilleure amie, et ça semblait simplement être un coup de bol. Notre amitié s'était formée rapidement et, même si nous parlions régulièrement, nous n'avions jamais vécu au même endroit.

Cette situation était parfaitement nouvelle pour moi, de vivre à un seul endroit, d'essayer de me trouver, en un sens, au-delà des limites que mon père avait posées et des souhaits qu'il avait pour moi, que j'avais entièrement rejetés.

Je me réveillai, me rendant compte que Maisie et Susannah attendaient patiemment une réponse.

— Je ne pense pas, dis-je enfin.

— Eh bah il va falloir que tu commences à venir, dit Maisie fermement. Et Susannah, tu dois rentrer chez toi et passer la soirée avec Ward. Je sais comment c'est. Enfin...

Elle s'arrêta, jetant un coup d'œil à la porte qui menait au reste de la caserne.

— Beck est plutôt super quand il rentre de mission.

Elle n'en dit pas plus, et ses joues rougirent.

Susannah gloussa, rougissant elle aussi. Beck était le mari de Maisie, et était le contremaitre d'une autre équipe de pompiers forestiers. Je fis le lien et compris qu'elles parlaient de sexe. Ce genre de discussions de fille était quelque chose que je n'avais eu qu'avec Ivy.

Récemment, ça avait commencé à me peser de savoir que je lui cachais quelque chose. Je ne pensais pas avoir à lui dire ce qu'il s'était passé avec Max, mais ça me faisait bizarre qu'elle ne sache pas, et ça faisait plus d'un an maintenant. C'était un ami proche d'Owen, et d'elle aussi par extension. J'avais l'habitude de me jeter bêtement dans chaque relation, en pensant qu'ils étaient toujours l'amour de ma vie. Ivy était au courant de ma dernière rupture, qui n'était plus particulièrement récente. C'était il y a plus de deux ans, et ça avait été horrible. Récemment, elle me disait qu'il fallait que j'arrête de me couper de ce monde. Ce sont là ses mots, pas les miens. Je ne pensais pas vraiment que c'était ce que je faisais, c'était surtout que je n'avais rencontré personne qui m'intéressait vraiment.

À part Max.

Pour revenir à ma dernière relation, j'étais encore une fois tombée amoureuse d'un homme sans aucune maturité émotionnelle. Rien de nouveau. En plus de la douleur émotionnelle, et malgré le fait que je prenais la pilule, j'étais tombée enceinte et j'avais fait une fausse couche. La même semaine où j'avais perdu le bébé, j'ai appris que l'homme que je croyais aimer me trompait. Et pour aller encore plus loin, il avait senti le besoin de clarifier qu'il ne considérait pas ça comme de la tromperie. Selon lui, ça ne comptait pas car il n'avait jamais dit que nous étions dans une relation exclusive, et qu'il ne m'avait jamais dit qu'il m'aimait. Non, j'avais simplement inventé des histoires dans ma tête et j'avais vu ce que je voulais voir.

Ivy n'était pas au courant de ma nuit de folie avec Max. Oh, elle m'avait parlé de lui, et j'étais encore convaincue qu'elle avait secrètement arrangé le fait qu'on se retrouve seuls chez elle. Quand elle avait parlé de lui, j'avais répondu vaguement et lui avais dit qu'il avait dû partir rapidement en voyage d'affaires.

Bref, j'étais perdue dans mes pensées. Des copines qui parlaient de sexe et de bébés. C'était un sujet un peu difficile pour moi.

— S'il te plait, viens! Ce sera sympa, et rien de stressant, dit Maisie joyeusement.

Si elle avait remarqué que je m'étais perdue dans mes pensées pendant un moment, elle ne le montrait pas.

Je la regardai, avec ses bouclettes brunes, ses grands yeux marron et ses joues rebondies couvertes de taches de rousseur, en me disant qu'elle était possiblement l'adulte la plus mignonne que j'aie jamais vu. Elle était simplement adorable. Elle me disait souvent qu'elle était vraiment grognon avant, et qu'elle avait encore beaucoup de travail à faire sur son attitude. De temps en temps, je voyais un soupçon de ce dont elle parlait, mais c'était rare. Elle adorait son boulot, son mari et leurs enfants. Et Beck la traitait comme une déesse. Il l'aimait d'un amour pour lequel j'aurais vendu mon âme au diable, mais j'étais persuadée que c'était quelque chose qui n'était pas pour moi.

Le requête chaleureuse de Maisie était difficile à ignorer, même si j'essayais vraiment de dire non, et je me sentis acquiescer.

Ça m'entrainerait. À essayer de me faire des amis.

Plus tard ce soir-là, je me trouvais chez Maisie et Beck. En plus de Maisie, il y avait quatre autres femmes : Amelia Masters, Lucy Phillips, Charlie Lane et Ella Masters. Amelia et Lucy géraient une entreprise de construction ensemble. Charlie était docteure et Ella était chercheuse en environnement. Au premier abord, je les trouvais toutes intimidantes, mais elles étaient toutes chaleureuses et gentilles.

Je ne m'étais pas préparée à la réaction de mon cœur pendant cette partie de cartes. Alors que Maisie tenait son petit garçon Max sur ses genoux, une chose folle s'empara de mon cœur. Depuis ma fausse couche, j'avais souvent calculé l'âge qu'aurait mon bébé si elle avait survécu. Je n'avais aucune idée de si ça aurait été une fille, mais mon cœur en était persuadé. Max avait presque un an et demi, et je n'arrivais pas à m'empêcher de penser que, si j'avais eu ma petite fille, elle aurait presque un an de plus que lui. Voir Max et Carol me faisait penser au bébé que j'avais perdu et me rendait nostalgique. Beck avait emmené Carol au lit juste après mon arrivée, ce qui m'avait soulagée, car voir de tout petits bébés était parfois encore plus douloureux.

Accroche-toi, Harlow. C'est ta vie maintenant, et c'est bien mieux que ce que tu avais avant. Tu as un job que tu adores. Tu es indépendante, tu vis dans un endroit super, et tu te fais des amies. C'est plus que ce qu'ont la plupart des gens. Donc estime-toi heureuse et passe à autre chose.

Mon esprit revint à la soirée folle que j'avais passée avec Max et à ce que j'avais ressenti, cette intimité qui m'avait presque marqué l'âme au fer rouge. C'était sans doute une illusion, ou du moins c'était ce que je me répétais sans cesse. Ce n'était que moi et mes bêtises habituelles, à voir des choses qui n'existent pas. Je n'avais pas eu de nouvelles de Max depuis ce soir-là. Je me rappelais sans cesse que nos mondes étaient complètement différents.

Chapitre Neuf

MAX

— Non, dis-je fermement en me reculant dans ma chaise.

Je m'écartai de mon bureau et regardai par la fenêtre, vers le paysage urbain de San Francisco, où les bureaux centraux de ma compagnie étaient installés. Après mes études au MIT, j'avais travaillé un peu comme ingénieur pour plusieurs compagnies, et j'avais fini par monter ma propre compagnie de design, qui se concentrait sur des projets d'énergies durables. La compagnie avait évolué très rapidement et il était rare que je m'occupe moi-même d'une tâche d'ingénieur ces temps-ci. J'avais toujours été à l'aise avec les chiffres et j'avais commencé à investir dans d'autres compagnies avec le temps, ce qui était le sujet même de cette conversation.

— Sérieusement, Max? demanda Owen.

Habituellement, quand je disais non, les gens n'insistaient pas. Mais Owen si. À chaque fois. Je gloussai alors que je regardais l'horizon de San Francisco, avec le Golden Gate Bridge au loin.

— Évidemment que c'est sérieux, répondis-je en

faisant à nouveau tourner ma chaise vers l'écran d'ordinateur, tout en levant les yeux au ciel.

Nous étions en visioconférence, comme presque toutes les semaines.

Owen rit.

— Je ne crois pas. C'est une super opportunité et on devrait sauter sur l'occasion. Il y a quelques brevets sur lesquels j'aimerais bien mettre la main.

Owen gérait Off the Grid, une compagnie qui était certes petite mais très reconnue, une compagnie d'énergie durable en Alaska. Notre amitié qui datait du MIT et le fait que nos métiers se recoupaient avaient mené à de nombreuses collaborations professionnelles. Nous partagions quelques ingénieurs et parfois nous achetions des compagnies mourantes ensemble. C'était le sujet de notre appel aujourd'hui, ou plutôt c'était la direction dans laquelle Owen avait poussé notre appel.

— D'accord, OK, dis-je. Mais si on l'achète, on le fait tout de suite. Que ce soit fait la semaine prochaine au plus tard.

Owen me lança un sourire satisfait.

— Parfait. Donc tu viens là?

Il quitta l'écran des yeux, regardant par-dessus son épaule. En se retournant vers moi, il ajouta :

— Ivy est là.

Quelques secondes plus tard, Ivy se penchait vers l'écran avec un sourire et un signe de main.

— Salut Max. Est-ce que je viens de t'entendre dire oui à Owen?

— Évidemment. Tu le connais, il m'a forcé la main.

Je rigolais, mais Owen avait de bons instincts, ce qui était pourquoi il pouvait souvent me convaincre de faire des choses.

Ivy rit, se penchant un peu plus pour embrasser Owen sur la joue.

— C'est une bonne décision. J'ai jeté un œil aux designs qu'ils ont, et il y a vraiment de super choses.

Owen acquiesça et passa son bras autour de la taille d'Ivy.

— OK chérie. Avant que tu te lances trop dans cette discussion, souviens-toi que j'ai une réunion dans cinq minutes.

Ivy adorait vraiment parler de construction et plonger dans les détails. Étant l'une des meilleures ingénieures de son domaine, l'énergie renouvelable, elle en devenait presque poète lorsqu'elle se lançait sur le sujet, la plupart du temps. Owen la connaissait bien et l'arrêtait avant ce qui aurait sans doute été une tirade.

— D'accord, d'accord, dit-elle avec un rire grave alors qu'elle reculait.

Elle me regarda à nouveau et demanda :

— Est-ce que ça veut dire que tu viens à Diamond Creek quand tu seras à Anchorage la semaine prochaine?

— J'ai l'impression que beaucoup de choses reposaient sur le fait que j'accepte d'acheter cette compagnie, ajoutai-je, en dirigeant un regard vers Owen.

Ce dernier me lança un sourire satisfait.

— J'étais sûr que tu dirais oui. C'est une bonne idée.

Ivy reformula sa question.

— Donc tu viens à Diamond Creek?

L'image de Harlow May traversa mon esprit. Ça faisait un peu plus d'un an que je ne l'avais pas vue. Même si je ne l'aurais jamais avoué à qui que ce soit, je pensais à elle presque tous les jours depuis ce soir-là. La dernière fois que j'étais venu à Diamond Creek, je l'avais vue. Cette femme s'était fait une place permanente dans mon esprit et m'avait marqué au fer rouge. Oh, je n'étais pas bête et je savais qu'il ne pouvait rien se passer. Même si je mourais d'envie de revoir Harlow.

J'avais gardé mes bonnes vieilles habitudes. J'avais toujours mes relations sexuelles presque professionnelles, qui s'occupaient de mes besoins physiques, ou presque. Rien ne semblait satisfaire mon désir depuis cette nuit-là. Si je n'étais pas certain que les femmes que je voyais ne voulaient rien de plus de moi, j'aurais peur d'être en train de les utiliser. Pour être franc, c'était ce que je faisais. Mais ça allait dans les deux sens, donc je ne me sentais pas coupable. À chaque fois que je partais, puisque je ne dormais jamais avec elles, je pensais à Harlow et au fait que nous avions dormi dans le même lit, deux fois. Une fois, la nuit avait été parfaitement chaste. Mais l'autre? La meilleure nuit de toute ma vie.

Harlow m'avait complètement cassé.

Je n'avais pas réalisé que j'étais resté entièrement silencieux jusqu'à ce qu'Owen tape ses doigts sur le bureau.

— Max, question facile.

Voilà à quel point Harlow me distrayait dans ma vie. Je ne serais jamais capable d'avouer à Owen qu'une partie de la raison pour laquelle j'hésitais à accepter sa requête de rachat de cette compagnie d'énergie alternative d'Anchorage était parce que j'avais peur de croiser le chemin de Harlow une nouvelle fois.

Ce qui me terrifiait, c'était à quel point j'avais envie de la revoir.

Je secouai la tête, trouvai le regard d'Owen et je haussai les épaules.

— Désolé. J'ai été distrait par des voix dans le

couloir. Pour répondre à ta question, Ivy, on dirait que je serai là la semaine prochaine. Et bien sûr, je viendrai à Diamond Creek.

Ivy poussa un petit cri de joie et applaudit.

— Parfait!

— Ne le prends pas mal, je suis aussi très content à l'idée de vous voir, mais en quoi c'est parfait?

— On fait un truc le weekend prochain. Vous pouvez faire votre réunion à Anchorage, et après tu viens passer le weekend là, expliqua-t-elle.

— C'est quoi votre truc? demandai-je en retour.

Elle leva les yeux au ciel et haussa les épaules.

— C'est un truc d'après Thanksgiving mais avant Noël au chalet de ski et on serait super contents si tu étais là. Je m'inquiète pour toi.

Owen hocha la tête, croisant mon regard avec un petit sourire amusé.

— Elle s'inquiète pour toi. Elle veut jouer les mamans pour tout le monde.

Ivy leva les yeux au ciel et donna un petit coup de pied à Owen.

— Je n'essaie pas d'être sa mère, mais je n'aime pas me dire que tu fais des réunions de boulot la veille de Noël. Reste un mois, ou plus, comme ça tu es là à Noël. S'il te plait.

— Je ne sais pas combien de temps je serai là, mais je resterai quelques semaines, c'est sûr. Parce que vu la compagnie, on a vraiment du boulot. Je viendrai en Alaska après être allé voir ma famille à Thanksgiving. Vraiment pas besoin de s'inquiéter pour moi. Si jamais je travaille la veille de Noël, c'est parce que j'ai besoin de le faire.

— Oh bref. Tu es aussi irrattrapable qu'Owen, toujours à travailler. Tu te souviens de Harlow, non? demanda ensuite Ivy.

Oh bordel de crotte. Je commençais à me demander si Ivy pouvait lire dans les pensées.

Je gardai cette pensée pour moi-même et répondis platement.

— Bien sûr que je me souviens d'elle. Elle était à votre mariage, et après ça vous nous avez promis la maison à tous les deux quand vous êtes partis.

Même Owen ignore ce qu'il s'est passé entre Harlow et moi.

Ivy rit.

— C'était une tentative ratée de ma part, pour vous mettre ensemble. Mais ça n'a pas marché. Harlow a dit que tu n'étais même pas resté, que tu étais parti pour le boulot.

Je rangeai ce détail dans un coin de ma tête. Je n'étais pas certain de comment interpréter le fait que Harlow n'avait rien dit de ce qu'il s'était passé à Ivy, le soir où j'étais resté.

— Bref, il y aura beaucoup de monde. Donc tu atterris à Anchorage ou Homer? demanda-t-elle.

— Je n'ai pas acheté mes billets, Ivy. Je viens de dire oui à Owen, à peine une minute avant que tu arrives. J'atterrirai sans doute à Anchorage. J'aime bien conduire sur le Turnagain Arm. En plus, si on veut vraiment acheter cette compagnie, il va falloir aller vite. Donc je vais passer un peu de temps à Anchorage avant de venir à Diamond Creek.

Satisfaite, Ivy souriait jusqu'aux oreilles et se pencha pour déposer un autre baiser sur la joue d'Owen. En se dépêchant de quitter la pièce, elle me lança un dernier mot par-dessus son épaule, me disant qu'elle me verrait le weekend prochain.

Owen et moi parlions des détails après ça. La compagnie en question avait des difficultés financières. Ils avaient dépassé leur budget de façon drastique.

Nous pouvions les racheter pour presque rien, et ils nous verraient sans doute comme une bouée de sauvetage dans ce cauchemar qu'ils s'étaient créés. Nous achetions une compagnie d'énergie alternative en sale état à Anchorage. Ils avaient de bonnes idées, mais avaient dépensé trop d'argent trop rapidement et n'avaient pas fait assez de profit sur les risques pris. Owen voulait les brevets de leurs designs. Même si j'avais dit non à la base, c'était une décision intelligente. À part pour le fait que j'allais me retrouver en présence de la seule femme que je n'avais jamais pu oublier.

Owen et moi nous connaissions depuis MIT. On se complétait bien dans le boulot. J'étais surtout tourné vers les chiffres, et lui le design. Il y avait peu de collègues à qui je faisais aussi confiance qu'à lui.

Je me dis que le fait de voir Harlow était peut-être ce dont j'avais besoin pour l'oublier. Je l'avais sûrement embellie dans mon esprit. Je n'avais jamais fait de recherches en ligne sur une femme. Jusqu'à Harlow. Je ne pouvais pas m'en empêcher. Je savais qu'elle avait pris un poste de pompier dans une ville au nord-ouest d'Anchorage, en Alaska. Ses choix de carrière restaient un mystère pour moi. Elle avait refusé la proposition de son père de l'accueillir dans sa compagnie, et elle avait coupé les ponts financiers entre eux. Il l'avait déshéritée publiquement en retour.

Son choix de se séparer de lui n'était pas une surprise, pas pour moi. Mais je détestais le fait qu'elle n'ait pas de famille. En me secouant mentalement, je me levai de mon bureau, enfilai ma veste et je partis. Je gérais la compagnie, donc je pouvais faire exactement ce que je voulais avec mon emploi du temps. La plupart du temps, ça voulait dire que j'étais là dès le lever du soleil jusqu'à bien après son coucher, et ça ne me dérangeait pas du tout. Mon emploi du temps était souvent le même, à part quelques exceptions. Je me sentais agité aujourd'hui et j'avais des fourmis dans les pieds, il fallait que je sorte du bureau.

La ville n'était pas faite pour moi. J'avais fait des choix dans ma carrière qui m'obligeaient à rester dans des grandes villes. Mais aujourd'hui, j'étais dans une position où je pouvais faire exactement ce que je voulais.

Si j'oubliais Harlow, l'idée de vivre en Alaska me plaisait beaucoup. Owen avait pris un décision de génie quand il avait transféré Off the Grid là-bas. Dans ce monde digital, le lieu n'importait plus autant qu'avant. Une fois que les liens étaient tissés, il était possible de travailler de n'importe où.

Harlow avait beaucoup occupé mes pensées. Je n'aimais pas me dire qu'elle avait joué dans le fait que j'avais hésité à suivre le plan d'Owen, d'acheter cette compagnie à Anchorage. C'était une bonne décision professionnelle, et je le savais très bien. Puisque Harlow était en Alaska, la vérité était que j'allais sans doute la revoir et être tenté de la même manière qu'un an plus tôt, et cette idée n'était pas bonne pour ma santé mentale. Je n'étais pas habitué à vouloir quelqu'un autant que je la voulais elle.

Je quittai le bureau, passai chez moi pour me changer et me dirigeai vers un parc non loin pour un jogging actif. Quand j'avais besoin de me vider la tête, je faisais du sport. Donc même si j'étais déjà en bonne santé quand j'avais rencontré Harlow, je n'avais jamais été en meilleure forme qu'aujourd'hui.

Aujourd'hui, même si je courais très vite, l'idée de la revoir jouait dans un coin de ma tête tout du long. Je n'avais pas été abstinent depuis Harlow, mais elle était inoubliable.

Peut-être que la revoir la ferait enfin sortir de ma tête. J'avais essayé de me convaincre que le souvenir de cette nuit avec elle était plus puissant que la réalité.

Ha! Ça te rassurerait ça, hein? Tu as peur d'elle. Parce qu'elle t'a fait ressentir quelque chose, pour la première fois depuis des années.

Chapitre Dix

HARLOW

Des flocons de neige tombaient doucement dehors, reflétant la lumière de la terrasse arrière du Last Frontier Lodge. Je pris une autre gorgée d'eau, en tournant la tête quand on appela mon nom.

— Te voilà, dit Ivy.

— Oui, juste là.

Je me levai de la table et Ivy passa ses bras autour de mes épaules pour m'enlacer. Elle adorait faire des câlins.

J'étais venue chez eux pour Thanksgiving et le weekend d'après, à sa requête. Ses parents dormaient chez elle, donc je dormais à la station de ski. Le lieu était simplement magnifique et ils avaient réussi à créer une ambiance de luxe et de maison simple, ne serait-ce que parce que je connaissais presque tous ceux qui travaillaient là, grâce à Ivy. La famille Hamilton possédait et gérait l'hôtel et la station, et ils traitaient tous leurs employés comme des membres de la famille.

Delia Hamilton, justement, arriva par la porte battante qui menait à la cuisine, en portant un plateau de tasses de cidre chaud qu'elle vint nous servir. Delia m'avait installée à cette table à côté de la fenêtre, près de la cuisine, quand j'étais arrivée plus tôt, m'assurant qu'Ivy saurait exactement où me trouver.

— Juste à temps, dit Ivy au moment où elle vit Delia. J'ai passé la journée avec la tête dans des designs. J'ai besoin d'un verre. Ne t'inquiète pas, c'est pas moi qui conduis. Owen nous rejoint.

Ivy s'installa sur la banquette en face de moi et Delia posa les boissons devant nous.

— Je vous rejoins dans pas longtemps, mais est-ce qu'il vous faut autre chose?

— En vrai, je veux bien un burger au saumon. J'ai oublié de manger avant de me mettre en route, répondis-je.

— Je vais prendre la même chose parce que j'ai oublié de manger en travaillant, ajouta Ivy.

Delia sourit avec un éclat pétillant dans ses yeux bleus.

— Deux burgers au saumon. Vous voulez des frites normales ou des frites de patate douce?

— Tu n'es vraiment pas obligée de nous servir. Juste... commençai-je à dire, en m'arrêtant quand Delia secoua la tête.

— J'aurais posé la même question si on avait été chez moi, donc t'inquiète, et c'est la maison qui paye, ordonna Delia.

— Elle est autoritaire, hein? lança une voix d'homme, derrière Delia.

En regardant par-dessus mon épaule, je vis Garrett Hamilton, le beau mari de Delia, qui s'avançait.

Elle leva les yeux au ciel juste avant qu'il arrive à ses côtés et ne dépose un baiser sur ses lèvres.

— Tu travailles jusqu'à quelle heure ce soir? demanda-t-il.

— Je lance leur commande et c'est tout.

— Parfait, répondit-il avec un clin d'œil avant que Delia ne disparaisse.

— Des frites de patate douce, de patate douce! appela Ivy et Delia lui fit un pouce en l'air en passant la porte de la cuisine.

Garrett nous regarda.

— Je peux m'incruster?

— Bien sûr, répondit Ivy avec un grand sourire, en rangeant une mèche de cheveux ambre derrière son oreille. C'est pour ça qu'on a pris une grande table.

Garrett s'installa sur une chaise et, à peine quelques minutes plus tard, il m'avait fait déballer toute l'histoire de ma vie. Garrett était très facile d'approche et très observateur, c'était légèrement stressant. Il avait les mêmes cheveux noirs et yeux bleus que la plupart de ses frères et sœurs.

Ivy m'avait raconté qu'à une époque c'était un avocat commercial à Seattle. Il avait fait un burn-out, avait déménagé à Diamond Creek et était tombé amoureux de Delia. Il faisait encore du droit, et j'imaginais qu'il gagnait encore bien sa vie. Son air taquin et nonchalant ne s'alignait pas avec l'idée que je me faisais d'avocat onéreux pour grandes entreprises, en costard cravate.

Delia nous rejoignit peu de temps après et on mangea en discutant. J'étais toute détendue après une tasse de ce délicieux cidre corsé de Delia, et c'était exactement ce dont j'avais besoin. Je vis le regard d'Ivy se balancer derrière moi et un sourire s'étendre sur son visage, et je me dis qu'Owen venait sans doute d'arriver.

— Max!

Oh mon Dieu. Ça ne pouvait pas être Max Channing. Ma peau se rougit à l'arrière de mon cou et une vague de chaleur s'empara de moi. Je ne savais même pas s'il était vraiment là, mais l'idée qu'il puisse l'être me faisait cet effet-là. Je me forçai à ne pas regarder par-dessus mon épaule. Non pas que j'aie longtemps à attendre. Une minute plus tard, Owen était à côté de la table et Max arrivait derrière lui.

Au moment où je levai les yeux, c'était comme si une force magnétique jouait entre nous. Je savais qu'Owen était là et que j'aurais dû dire bonjour, mais mes yeux allèrent directement vers Max. Je trouvai son regard en attente, un bleu glacial dans ses yeux me fit sursauter.

Mon corps s'enflamma, et j'essayai de prendre une inspiration, mais j'eus du mal à faire fonctionner mes poumons. Je sentis la vibration de l'électricité qui jouait entre nous. Ses yeux s'assombrirent et il pencha légèrement la tête.

— Bonjour, Harlow.

Oh bon sang. Le son de sa voix me retourna l'estomac, et mon entrecuisse se mit à me démanger. Je me disais depuis plus d'un an que mes fantasmes sur cet homme avaient dépassé la réalité. Mais je n'en étais plus si sûre maintenant.

Je ne savais pas comment, mais Max se retrouva assis à côté de moi. Je me sentais un peu folle, à glousser comme une adolescente, des papillons dans le ventre, le cœur qui battait la chamade. J'allais devoir trouver un moyen de me comporter comme un être humain normal.

Un peu de tenue, *Harlow. N'oublie pas tes bonnes manières. Bon sang, j'avais l'impression d'avoir déjà dit ça avant.*

Après les salutations, quand tout le monde se retrouva assis, Max attira mon regard.

— Comment vas-tu? demanda-t-il.

Une question parfaitement normale. Mais le son de sa voix me fit frissonner. Je me souvenais de cette voix comme si je l'avais entendue hier.

J'étais très reconnaissante d'être capable de contrôler mes réactions extérieures, car intérieurement je hurlais. Il était peu probable que qui que ce soit remarque à quel point j'étais déstabilisée, à moins de vivre dans mon esprit.

— Bien, dis-je enfin.

Waouh. Un mot entier.

C'était un mot court, mais vu à quel point j'étais déstabilisée, je voyais ça comme une victoire. Heureusement, quelqu'un − Dieu seul sait qui − dit quelque chose à Max, et il cessa de me regarder. Au cours des quelques minutes qui suivirent, plus de monde se joignit à nous, et la belle-sœur de Garrett, Marley et son mari Gage, s'installèrent à la table. Alors que la conversation poursuivait son cours, je me rendis compte que tout le monde autour de cette table semblait en couple, heureux et mariés. Ivy et Owen, Delia et Garrett, Marley et Gage. Même sa sœur Lacey et son mari Quinn, qui étaient passés pour dire bonjour.

Alors que Max était juste à côté de moi, sa beauté divine était plutôt distrayante. Il dégageait chaleur et force. Quelle pensée bête cela avait été que de me dire que je l'imaginais mieux qu'il n'était. Mon corps était presque en feu, et il ne faisait rien.

Mes bonnes manières me gardèrent en pilote automatique alors que je papotais avec le groupe. À un moment, Max se tourna vers moi, une bière dans une main et l'autre posée sur la table. Même ses mains étaient sexy. J'en savais un peu plus sur lui qu'il y avait un an.

Je n'avais pas réussi à résister à la tentation de chercher son nom sur Google. Il n'avait pas menti sur ce qu'il faisait dans la vie, mais il était resté très vague en décrivant son occupation de « businessman ». Ce qu'il entendait par « business », c'était de gérer de larges sommes d'argent, surtout autour d'énergies renouvelables. Avec le recul, je ne pouvais pas m'empêcher de me demander s'il savait qui j'étais au mariage. Mon père était un gros investisseur de la compagnie d'Owen et Ivy, ainsi que pour de nombreuses autres start-up d'énergie renouvelable.

Que je pense que mon père était un connard ou non, il n'était en aucun cas idiot. Je ne pensais pas qu'il investissait par altruisme. Il adorait s'impliquer au tout début des projets, pour avoir le plus gros retour sur investissement possible.

— Alors, qu'est-ce que ça veut dire « bien »? demanda Max.

Son expression était neutre, presque illisible. J'espérais simplement qu'il n'arrivait pas non plus à lire la mienne. Je savais que mes joues étaient rouges, et j'espérais que ce n'était pas trop évident avec la lumière tamisée du restaurant. On m'avait servi un second verre de cidre corsé, car j'avais besoin d'un coup de pouce pour me détendre à nouveau après ce pic d'anxiété.

Je n'arrivais pas vraiment à le croire, mais ça faisait un an entier que je n'avais couché avec personne. Max était mon dernier. Non pas qu'avant lui j'eus pour habitude d'avoir une vie sexuelle plus active. Non, depuis des années, j'étais passée d'une relation sérieuse à une autre. Enfin, sérieuse de mon côté du moins.

Max, ou plutôt cette nuit avec Max, m'avait tellement déstabilisée que je ne m'étais pas remise en quête d'un homme auquel m'accrocher pour ne rien recevoir en retour.

Quand Max haussa les sourcils, je réalisai que mon silence avait sans doute duré trop longtemps après sa question.

— Bien ça veut dire que ça va pas mal, j'imagine. Et toi?

— Occupé.

Il s'arrêta pour prendre une gorgée de sa bière, en jouant avec la bouteille entre ses doigts une fois qu'il l'eut reposée sur la table. Je n'arrivais pas à penser à autre chose que ces mêmes doigts enfouis au plus profond de moi, pendant une nuit qui n'était plus qu'un flou de plaisir dans ma tête.

— Alors dis-moi, ça te plait d'être pompier?

Sa question me surprit, ne serait-ce que parce que je ne me souvenais pas lui avoir dit que c'était ce que j'allais faire. Grâce à mes recherches en ligne, j'étais au courant des quelques fêtes officielles auxquelles Max était allé à San Francisco, aux soirées caritatives, aux galas de musées et de toutes les jolies femmes qui l'avaient accompagné. Je m'étais convaincue qu'il avait dû m'oublier. J'étais presque certaine que Max n'avait pas passé un an sans sexe, mais ça me surprenait tout de même qu'il se souvienne des détails de nos conversations.

Je pris une gorgée de mon cidre et soutins son regard, m'accrochant à mon sang-froid. J'en avais besoin quand j'étais si proche de lui, à regarder ses yeux bleu glacial et en voyant la courbure de ces lèvres que je mourais d'envie d'embrasser. Max me faisait me sentir sauvage, plus aventureuse que d'habitude.

Je réalisai que j'étais restée silencieuse encore une fois, bien trop longtemps pour une conversation polie, quand il pencha la tête sur le côté.

— Tu avais dit que tu avais fini ta formation, non?

— Oui, répondis-je en acquiesçant rapidement. Ça me plait.

Je m'arrêtai pour prendre une inspiration.

— En vrai, j'adore ce job. J'ai pris un poste dans une équipe à Willow Brook, à quelques heures au nord d'ici.

— Ce n'est pas très loin d'Anchorage, c'est ça?

Je hochai la tête à nouveau, et pris une autre gorgée de mon cidre.

— Je vais rester à Anchorage quelque temps.

— Oh? Pourquoi donc?

Max sourit, amusé.

— Owen et moi achetons une compagnie basée là-bas. J'ai pas mal de boulot pour la remettre sur pied. On pourrait peut-être aller diner ensemble un de ces soirs.

Je regardai Max sans cligner des yeux, mes pensées s'emmêlant dans mon esprit. Max allait être à Anchorage? Adieu l'idée de ne jamais le revoir de ma vie. Mais, là encore, j'étais venue ici ce weekend en sachant qu'il y avait des chances qu'il soit là aussi. Ma curiosité maladive et l'envie de le voir avaient pris le dessus sur mon bon sens.

Max haussa un sourcil, un soudain éclat dans les yeux.

— Pas de diner?

Alors que la partie sensée de mon cerveau hurlait non, la partie pleine d'espoir de mon cerveau – celle qui prenait le dessus sur mon bon sens sans cesse – hurlait bien plus fort.

Oui. Oh oui. Diner avec Max? Ce sera peut-être une autre nuit de bonheur pur.

Je hochai la tête avant que mes pensées ne me rattrapent. La bouche de Max s'étira en un sourire malin en coin. Mon estomac fit plusieurs tours sur lui-même, alors qu'une chaleur parcourait mes veines.

— C'est un oui, c'est un non? Ou un oui pour le diner? demanda-t-il.

J'acquiesçai puis secouai la tête, lui prouvant que j'étais en effet folle. Je sentis la chaleur s'emparer de mes joues puis je ris. Je n'étais vraiment pas douée pour tout ça. Je haussai bêtement les épaules et répondis :

— C'est un oui pour aller diner.

Ma voix sortit comme un souffle et ma tête me criait dessus. C'était une mauvaise idée. Il ne fallait pas que j'accepte de diner avec l'homme qui contrôlait mes fantasmes depuis un an, après rien qu'une nuit ensemble.

Du peu que j'avais rassemblé d'Ivy sur Max, c'était un gars gentil, et un gars qui n'avait jamais de relations sérieuses. Elle disait qu'elle ne savait pas pourquoi, mais elle était certaine que quelqu'un lui avait brisé le cœur et qu'il s'était renfermé sur lui-même.

J'avais pris ces éléments, et avais créé un homme dans ma tête qui ne pouvait tomber amoureux que si c'était la bonne personne. C'était une très mauvaise habitude chez moi. De tomber amoureuse d'hommes qui n'étaient pas prêts pour une relation et ne voulaient pas l'être. Je m'étais convaincue, quelque part au fond de moi, que cet homme tomberait amoureux de moi.

Les yeux bleus de Max s'assombrirent.

— Oui au diner alors. Maintenant dis-moi, qu'est-ce que tu penses du fait d'être pompier?

Son attention était uniquement portée sur moi. C'était intense et ça me donnait envie de disparaitre. Après avoir bu un peu de cidre, je pris une grande inspiration, en essayant de ralentir mon pouls. Mais mon cœur battait la chamade.

— J'adore ce boulot. J'avais besoin de changement.

— De changement après quoi?

Je me surpris en répondant honnêtement, mais c'est aussi à ce moment-là que je me dis que, dans tous les cas, il aurait pu obtenir ces informations par Ivy.

— Eh bien, mon père gère une compagnie, d'investissements surtout. Il voulait que je prenne le relais, mais ça ne m'intéresse pas. Pas du tout.

— J'imagine que je devrais te dire que je connais ton père.

Ça n'aurait pas dû me surprendre. Pas avec ce que j'avais appris sur Max depuis notre nuit ensemble. Son cercle professionnel se recoupe sans doute avec celui de mon père, surtout vu sa connexion à Owen.

— Oh, réussis-je à dire.

Je me demandais si Max savait qui j'étais avant même de me rencontrer.

— Depuis quand tu le connais?

Max prit une gorgée de sa bière.

— Un moment. Je l'ai rencontré par le biais d'Owen. Si j'étais plus poli, je dirais que c'est un gars sympa. Mais je ne suis pas assez poli pour ça. Et je trouve que c'est un connard. Même si je suis surpris que sa fortune n'ait pas suffit à te convaincre, dit-il directement.

J'explosai de rire, surprise par la franchise de Max mais ravie en même temps. La plupart des gens ne parlaient de mon père qu'en bien. Il investissait dans des compagnies tout autour du monde, dans plein de domaines différents, et la plupart des gens ne voulaient pas se le mettre à dos. C'était un soulagement de voir que Max n'en avait rien à foutre.

Max haussa les épaules à mon rire.

— Je suppose que c'est une bonne chose que ça ne te dérange pas que je dise ça.

— Pas du tout. Mon père est un connard. J'aurais peut-être eu envie de reprendre la compagnie s'il n'était pas aussi horrible comme collaborateur. Entre le fait que ce soit un connard et le fait que la finance ne m'intéresse pas du tout, ça a été plus facile de couper les ponts.

— Qu'est-ce que ton père pense de ta carrière de pompier?

Une tristesse s'empara de moi, parce que même si j'étais contente de ma décision, je me sentais seule au monde. On pouvait bien sûr dire que je me sentais seule bien avant de prendre cette décision, mais, depuis un an, mon père m'ignorait bien plus complètement qu'auparavant.

— Ça ne lui plait pas, dis-je enfin. On n'a pas parlé depuis six mois. Mais ce n'est pas comme si notre relation était super avant ça. Si tu connais mon père, tu sais qu'il aime avoir le dernier mot et jouer de son influence. Quand il n'obtient pas ce qu'il veut, c'est un salaud.

Je tendis la main vers mon verre et découvris qu'il était vide. C'était sans doute une bonne chose, je n'avais pas besoin d'être plus pompette que je ne l'étais déjà. Je n'avais pas besoin de me rendre triste, en plus d'être collante, en plus d'être excitée par Max.

— Alors, dis-moi Max, commença Ivy, assise dans l'angle à côté de nous, interrompant notre conversation au bon moment. Combien de temps tu prévois de rester à Anchorage?

Max changea facilement de sujet, se tournant vers elle en souriant.

— Au moins un mois. Peut-être plus. Ça dépend de l'état de l'entreprise.

Son regard passa vers Owen et il secoua doucement la tête.

— Je m'occupe de la partie difficile de cet achat : étudier leurs finances pour voir à quel point il faut qu'on rattrape. Pendant ce temps, toi et Owen avez la partie amusante, et vous étudiez les brevets en prenant ce que vous voulez.

Ivy rit, en secouant la tête.

— Ce n'est pas très drôle non plus. Ça devient parfois compliqué dans ces situations. Mais on propose de garder leurs ingénieurs, n'est-ce pas? demanda-t-elle en regardant Owen et Max.

Le bras d'Owen était posé sur ses épaules et il se pencha vers elle pour embrasser sa tempe.

— Bien sûr.

Chapitre Onze

MAX

L'odeur de Harlow m'engloba. C'était encore une chose nouvelle pour moi. Je ne m'étais jamais souvenu de l'odeur d'une autre femme. Pourtant, celle de Harlow vivait dans ma tête. Si je ne l'avais pas vue ce soir, mais que j'étais arrivé peu de temps après, j'aurais su qu'elle avait été là rien qu'à l'odeur. Elle sentait le miel, la vanille et une pointe de poivre. Bordel, cette femme me tenait par les couilles et ne le savait même pas.

J'aurais pu demander qui allait être là ce soir, et j'aurais été préparé à l'éventualité de lui faire face. J'avais essayé si fort de tout séparer dans mon esprit, de me dire que j'avais exagéré l'effet qu'elle me faisait, qu'elle ne me ferait plus rien.

Ça et le fait que j'avais trouvé pathétique l'idée d'essayer de savoir si elle serait là. Je ne laissais pas les femmes me faire cet effet-là. Ça n'avait jamais été un problème pour moi. Il suffisait que Harlow existe dans le même espace-temps que moi, et je me perdais dans une cascade de désir, de besoin et d'autre chose.

Tu lui as proposé de dîner avec toi. Tu es complètement fou?

La réponse à cette question était sans débattre un oui. Mais l'effet que Harlow me faisait était si profond que je m'en fichais. D'ailleurs, à l'instant, je réfléchissais au fait que j'avais envie de passer la nuit avec elle. Ce soir. J'avais déduit de toute cette situation qu'elle dormait sans doute à l'hôtel.

Je ne venais pas à Diamond Creek souvent. Ma vie était trop active pour faire des allers-retours en Alaska. *C'est quelque chose que tu vas devoir changer.* C'était vrai, et je le savais.

Je secouai la tête pour me débarrasser de ces pensées parce que je ne voulais pas me morfondre sur mes éternelles envies de bouger. Mon compas tournait sans cesse sans direction claire, même quand je me forçais à avancer à l'aveugle. J'étais vraiment tenté de me perdre dans Harlow, je ne pouvais m'empêcher d'envisager cette possibilité. Et, pourtant, des centaines de sonnettes d'alarme résonnaient à plein volume dès que je revenais sur cette idée.

D'habitude, j'étais un homme rationnel, mais mon intelligence ne pouvait pas rivaliser avec le feu que Harlow avait déclenché en moi. Je sentais la chaleur de son corps, rien qu'en l'ayant là, assise à côté de moi. Ma queue était dure, pressée contre ma braguette.

Je n'avais pas de mal à me contrôler d'habitude. D'ailleurs, même si une femme m'avait déjà brisé le cœur, quand il s'agissait de sexe, j'étais toujours capable de garder le contrôle. Et ça en disait long sur moi, étant donné que la dernière fois qu'une femme m'avait fait autant d'effet, j'étais très jeune. Pour les hommes, du moins quand j'en crois mon expérience, l'adolescence et le tout début de la vingtaine sont des années où notre gland est en charge.

Les cheveux de Harlow étaient détachés, et ils brillaient d'un noir luisant sous la lumière tamisée du restaurant. Ses grands yeux me rappelaient un mélange de chocolat et de café, deux plaisirs que j'adorais. Mais ces plaisirs paraissaient bien fades quand je les comparais à ce regard. Ses yeux étaient très expressifs. Je n'avais pas oublié la vision de ses murs qui s'abaissent quand elle se laisse aller.

Son armure était solide ce soir, son regard prudent, avec quelques éclats de vulnérabilité. Contrairement au mariage, où elle portait une robe légère, ce soir elle portait un chemisier en coton bleu. Il s'ouvrait en V, m'offrait la provocation parfaite de la vallée de ses seins. Elle avait assorti sa chemise avec des bottes de cowboy. Quand elle se leva pour aller aux toilettes, je ne pus m'empêcher d'imager ses jambes nues, toujours ornées de ces bottes, enroulées autour de ma taille.

Owen me dit quelque chose, m'arrachant de mes pensées à Harlow. Ce n'était vraiment pas le lieu ou le moment de laisser mes pensées me perdre en elle, pas quand nous étions entourés d'amis. Pour être honnête avec moi-même, je ne pouvais pas être à côté de Harlow sans que la moitié de mon attention ne soit tournée vers elle. Mais j'étais un gentleman et je réussis à me concentrer sur Owen. Quelques minutes plus tard, j'étais plongé dans une conversation à propos de notre dernier achat. Nous nous étions retrouvés à Anchorage pour deux courtes journées, afin de finaliser l'affaire. Je passais le weekend à la station de ski, dans cet hôtel, puis nous retournions à Anchorage, vers cette compagnie qui était maintenant la nôtre.

Les semaines à venir seraient tendues, comme toujours. Les bureaux étaient pleins de gens qui avaient travaillé pour les anciens propriétaires, et ça créait des situations un peu stressantes. Tout était à nous maintenant, jusqu'aux trombones sur leurs bureaux. Owen proposait toujours d'être là pendant cette période, mais je savais qu'il détestait ça.

Non pas que c'était un plaisir pour moi. Mais j'imagine que j'étais un peu moins sensible à propos de ces choses-là que lui. J'essayais de garder la certitude que nous étions de bons patrons dans un coin de ma tête et que, même si les gens étaient loyaux à leurs anciens patrons, il fallait qu'ils comprennent que ces anciens patrons n'avaient pas pris les bonnes décisions, et que leurs emplois étaient en danger. On ne jetait la pierre à personne. Ce n'était pas comme ça que nous abordions ce genre de situations. Même dans le meilleur des cas, les premières semaines étaient gênantes. L'idée d'être à proximité de Harlow pendant cette période rendait l'idée bien plus intéressante.

Quand il commença à se faire tard, le groupe commença à se séparer. Harlow se leva pour prendre Ivy dans ses bras et lui dire bonne nuit avant qu'Ivy ne fasse le tour de la table pour me faire un bisou sur la joue.

— Merci d'être venu, Max. Ça fait plaisir de te voir, dit-elle.

— Mais de rien. C'était super de te revoir aussi.

Harlow réussit à disparaitre quand j'avais le dos tourné. Au dernier moment, je vis une mèche de cheveux alors qu'elle tournait derrière le bureau d'accueil.

J'attrapai rapidement mon manteau et la suivis, soulagé que les politesses d'au revoir soient terminées. Si l'on m'avait dit que je courrais après une femme dans les couloirs d'un chalet de ski simplement parce que j'avais envie d'elle, je vous aurais dit que vous aviez perdu la tête. Et pourtant, c'était exactement ce que je faisais. J'avançai à grands pas, et je traversai l'accueil en un clin d'œil, apercevant les cheveux noirs de Harlow et ses magnifiques fesses. Je n'avais pas oublié la sensation de ces mèches soyeuses enroulées entre mes doigts alors que je m'enfonçais en elle par derrière.

Nous avions vraiment rentabilisé cette nuit. J'étais certain de l'avoir prise au moins trois fois, si ce n'est plus. J'étais un homme précis, d'habitude, et pourtant cette nuit-là n'était qu'un flou de désir pur, de plaisir et de luxure.

C'était aussi la seule nuit où j'étais resté avec quelqu'un après le sexe. D'habitude, je faisais mon affaire et je partais. Mais quand on perdait toute notion du temps, les choses étaient un peu différentes.

En tournant dans le couloir vers l'ascenseur, je trouvai Harlow qui regardait par la fenêtre, au loin vers les montagnes. Il y avait déjà pas mal de neige sur les sommets des montagnes, même si nous n'étions qu'à la fin novembre. Une demi-lune ornait le ciel, et ses éclats argentés s'étendaient sur la silhouette des montagnes, contrastant avec la nuit noire.

Je marchai jusqu'à elle.

— Harlow.

Elle sursauta un petit peu quand je dis son nom, son souffle s'accélérant rapidement. Son regard café se tourna vers moi, un point rouge naissant sur ses joues. Bon sang. J'étais habitué à me sentir zen et, pour être honnête, j'étais souvent dans une position de pouvoir, dans la plupart des situations.

Je n'étais pas un gars lourd. L'un de ces connards qui a besoin de prouver qu'il est important et de prouver qu'il a un gros chibre. Mais j'aimais bien être celui qui prenait les décisions dans ma vie. Ça m'énervait un peu de voir que Harlow me prouvait que je traitais ce privilège comme un droit. Surtout quand il s'agissait des femmes. Je n'avais pas l'habitude de devoir calculer mes actions mais, avec elle, c'était tout ce que je faisais. Parce que j'avais tellement envie d'elle. Il y avait quelque chose qui brillait sous la surface de ce désir pur, qui m'attirait vers elle, et me faisait perdre l'équilibre.

On se regarda simplement quelques instants. Un ascenseur arriva au rez-de-chaussée, et le son de clochette résonna contre le carrelage. Harlow se retourna rapidement, marchant vers l'ascenseur alors que les portes s'ouvraient avec un son de glissade. Je la suivis. Sans même me poser la question.

Une fois que l'on se retrouva tous les deux dans l'ascenseur, elle jeta un regard vers moi.

— Quel étage?

J'avais déjà remarqué que nous étions au même étage.

— Troisième.

Le chiffre brillait d'une douce lumière bleue, prouvant qu'elle avait déjà appuyé dessus. Elle recula, enroulant l'une de ses mains sur la barre qui faisait le tour de l'ascenseur, alors que son autre main attrapait une de ses mèches noires pour l'enrouler autour de son doigt.

Mon cerveau plongea dans le noir. Je m'approchai de Harlow avant d'avoir réfléchi à comment elle pourrait l'interpréter. Quand je me retrouvai à côté d'elle, la douce note de vanille arriva jusqu'à mon nez et je pouvais voir le battement de son pouls dans sa gorge, alors que mon corps entier se tendait et qu'une vague de besoin s'emparait de moi.

J'étais déjà dans le mal face à la puissance de mon attirance pour elle. Ça n'avait fait qu'empirer la chose que de savoir à quel point il était bon d'être avec elle. Je connaissais la douceur de sa peau, la force de son vagin sur mon membre, et à quel point elle était sauvage. Pour une femme aussi fermée et contrôlée qu'elle, quand elle se laissait aller, c'était comme si tout ce qu'elle s'était retenue de faire s'échappait.

Elle ne me quitta jamais des yeux, et je vis un éclat passer dans ses yeux. Je ne savais pas ce qu'il y avait dans ce regard, mais il me touchait toujours en plein cœur, une partie de moi à laquelle je ne pensais pas beaucoup. Avec un simple regard sexy de la part de Harlow, ce même cœur battait la chamade. Au même moment, j'étais attiré à elle, par une force invisible, incapable de reculer. Je fis un pas de plus, levant la main pour attraper la mèche de cheveux qu'elle enroulait autour de son doigt. J'englobai sa main avec la mienne, je m'avançai plus près, savourant le sursaut de son souffle.

Nous étions à quelques centimètres l'un de l'autre. Elle prit une inspiration, et ses seins se pressèrent contre moi. Son pouls s'emballa sauvagement et elle rougit un peu plus.

— On avait des règles, murmura-t-elle.

Pendant un instant, j'étais confus, je ne savais pas ce qu'elle voulait dire, puis je me souvins.

— Ah, c'est vrai. Fais-moi un rappel.

Je sentais bien qu'elle essayait de trouver une voie de sortie, de se reprendre en main. Elle ne me repoussa pas, ce que je pris comme une victoire.

— On avait dit, juste une fois. Qu'il n'y aurait aucune attente si on se revoyait.

Mon souvenir se précisa.

— C'est vrai. Je n'ai aucune attente. J'ai juste envie de toi. C'est contre les règles?

J'étais réellement curieux. Même si ça prendrait toute la discipline que j'avais de reculer si elle me disait de le faire, je le ferais.

Harlow me regarda simplement, les yeux écarquillés. Je voyais quasiment les rouages tourner dans son esprit. Elle attendit si longtemps pour répondre que le son de sa voix fut une caresse de luxure qui me déchira de l'intérieur.

— Non. J'imagine que non. C'est juste...

Elle laissa sa phrase en suspens alors qu'elle penchait la tête sur le côté.

Je passai ma main sur son avant-bras, avant de la poser dans le creux de ses hanches. L'attente me tuait. Parce que j'avais envie de l'embrasser. Furieusement.

— Je ne sais pas si c'est une bonne idée, avoua-t-elle enfin.

Elle avait vraiment raison. C'était une très mauvaise idée. J'étais déjà obnubilé par cette femme, la force de mon désir m'enchainant à elle.

C'était là où j'en étais, un homme qui choisissait d'éviter toutes les attaches émotionnelles, perdu dans une conversation chargée de tonnes de sentiments.

— Qu'est-ce qui t'inquiète?

J'avais l'impression qu'à peine une seconde s'était écoulée quand je réalisai que nous étions arrivés à notre étage. La porte s'ouvrit en silence, et le son des voix qui habitaient le couloir me sortit de ma transe.

Sans réfléchir, j'enroulai ma main dans la sienne et me tournai. Je m'attendais à ce qu'elle me suive simplement. Au début, elle le fit, puis elle s'arrêta en tirant un peu sur ma main. Nous étions seuls dans le couloir; le groupe d'invités qui venait de nous dépasser montait maintenant dans l'ascenseur.

— Quoi? demandai-je.

— Je ne pense pas que ce soit une bonne idée, répéta-t-elle.

— Je sais. Je veux juste aller quelque part où on peut parler en privé.

Elle ne devait pas s'attendre à cette réponse, car elle explosa de rire.

— Euh, d'accord. Ma chambre est là, dit-elle, en désignant la porte derrière elle.

Une fois à l'intérieur, elle marcha vers les fenêtres. Ses épaules étaient tendues, et elle enroula ses bras autour de sa taille, en regardant les montagnes dans l'obscurité. Le doux éclat de la lune traversait cette vue. Le reste du paysage était recouvert d'ombres, caché par les grands arbres qui bordaient les pistes.

— Donc dis-moi pourquoi ce n'est pas une bonne idée.

Je m'arrêtai à côté d'elle, sentait la tension qu'elle dégageait. Elle vibrait presque. Elle se tourna pour me faire face et je vis une douleur dans ses yeux qui me transperça le cœur comme une lame. Je ne savais pas qui lui avait fait du mal, mais j'aurais été ravi de les tuer pour elle.

Je ris presque en entendant mes sentiments hurler leurs pensées. D'habitude, j'étais un homme rationnel, et vraiment pas un homme qui prenait des décisions en suivant mes émotions. Et me mettre à chasser quelqu'un qui avait potentiellement fait du mal à Harlow rentrait certainement dans la catégorie des décisions irrationnelles et émotives.

Elle arracha son regard au mien et secoua la tête.

— Ça n'a pas vraiment d'importance. J'ai juste envie de t'embrasser encore une fois, dit-elle, en me prenant par surprise.

Je ne savais pas si j'étais capable de me contenter d'un baiser. Mais il aurait fallu me jeter en enfer pour m'arrêter. En un éclair, elle s'approchait de moi, passant sa main à la base de mon cou et se cambrant contre moi alors que je me penchais pour la rejoindre. Au moment où nos lèvres se touchèrent, un éclair me traversa, électrifiant mon système. Je ne savais pas ce qu'elle attendait de ce baiser, mais, une seconde plus tard, sa langue s'enroulait autour de la mienne et ma main passait le long de son dos pour attraper son joli cul. Elle épousait mon corps parfaitement, elle était juste assez grande pour que ma queue se loge dans le creux de ses cuisses, et que ses seins soient collés à mon torse.

Bordel de merde. Cette femme me foutait le feu. J'étais dur comme la pierre, et j'avais tellement envie d'elle que je pouvais à peine parler. Je plongeai dans la douce chaleur de sa bouche, adorant la façon dont chacun de nos mouvements se répondaient, caresse pour caresse, baiser pour baiser. Elle m'embrassa fougueusement, se jetant à corps perdu dès le début de ce baiser.

Tout aussi rapidement, elle se libéra et recula.

— Tu vois, dit-elle après avoir repris son souffle. C'est pour ça que c'est une mauvaise idée. Tu me rends folle. J'ai la très mauvaise habitude de tomber amoureuse d'hommes qui ne veulent rien de tout ça.

J'avais envie de lui demander ce qu'elle entendait par là. Mais, quand elle me regarda, et que je vis des larmes briller dans ses yeux, j'eus le désir de la prendre dans mes bras et de la protéger du monde. Ce qui était fou.

— Harlow... commençai-je à dire.

Elle me coupa la parole.

— S'il te plait, Max. Je suis sûre que je te reverrai, mais, si tu ne pars pas maintenant, je vais faire quelque chose d'idiot. Et je n'ai vraiment pas envie de faire ça.

J'avais envie de la supplier de faire quelque chose d'idiot. Je ne pensais pas qu'elle pouvait prendre plus de risques que moi. Quand ça touchait à Harlow, mon désir fou, sauvage, s'emparait de mes pensées, de mon corps et réveillait mon cœur d'une façon que j'avais depuis longtemps oubliée.

Mais je ne la suppliai pas. Je ne savais pas comment, mais je sentais bien qu'il ne fallait pas que j'insiste. Je voyais presque la métaphore de sa dignité qu'elle enroulait autour de ses épaules, alors qu'elle ajustait ses vêtements et s'y accrochait fort. Je me retournai et avançai vers la porte. Elle fut polie et me raccompagna, resta là en silence.

— Ce n'est pas fini, Harlow, dis-je en la regardant dans les yeux.

En me penchant, je déposai un autre baiser sur ses lèvres, me préparant à l'électricité qui allait me traverser.

En retournant à ma suite, au bout du couloir, je pris une douche froide, me contentant d'un soulagement mécanique, et je m'endormis d'un sommeil agité, me demandant pourquoi je n'avais pas envie de fuir quand j'étais face à Harlow.

Chapitre Douze

HARLOW

Le lendemain matin, je me réveillai dans mon lit au Last Frontier Lodge. Seule. Mon esprit revint à la nuit dernière, quand j'avais embrassé Max avant de reprendre mes esprits. Le simple fait de me souvenir de ce baiser fit vibrer mes lèvres et je sentis des papillons dans mon ventre. La profondeur de mon attirance pour Max était intense, et c'était une rivière profondément creusée dans mes veines. Je n'arrivais pas vraiment à croire que j'avais réussi à lui dire la vérité : c'était une mauvaise idée.

De lourdes larmes chaudes me montèrent aux yeux. Énervée contre moi-même, je repoussai la couette et me dirigeai vers la douche. Ce n'était pas Max qui me donnait envie de pleurer. C'était surtout l'émotion déclenchée par mes regrets accumulés sur mes mauvais choix en amour. Non pas qu'il y ait eu beaucoup d'hommes dans ma vie, mais chacun d'entre eux avait été une nouvelle erreur de ma part, où j'avais voulu voir quelque chose qui n'existait pas.

La dernière chose qu'il me fallait aujourd'hui était

d'offrir mon stupide cœur à un homme qui ne voulait vraiment pas ce que je voulais, ce que je savais très bien. Je ne faisais que repenser aux petites questions de ma dernière psy, la personne que j'étais allée voir après ma fausse couche.

J'étais vraiment dans un sale état émotionnel à l'époque. Mes pensées revinrent au passé.

Alors que je m'effondrais à l'intérieur, incapable de me sortir de l'horreur sentimentale que j'avais créée dans ma vie, j'étais assise en face de ma psy. Ses yeux marron étaient doux, mais durs à lire.

— Harlow, je sais que vous voulez trouver quelqu'un. C'est ce que beaucoup de gens veulent. Mais peut-être qu'il faut que vous cessiez d'essayer de trouver l'amour comme vous le faites. Il faut que vous vous rappeliez que personne ne peut remplacer ce que vous avez perdu quand votre mère est décédée ou ne peut réparer la façon dont votre père vous a traitée après ça.

Après ça, elle avait parlé d'un syndrome de répétition, en expliquant que je créais une dynamique dans laquelle j'essayais de revivre ce que j'avais vécu avec mon père, encore et encore. J'avais oublié les détails, mais cette idée me disait quelque chose.

— Vous pensez que c'est ce que je fais ? avais-je demandé en reniflant.

Je pleurais. Encore.

Tandis qu'elle acquiesçait lentement, j'avais réussi à prendre une grande inspiration. Étrangement, ça me calmait de prendre un peu de recul sur les schémas douloureux de mes anciennes relations.

C'était presque un miracle que j'aie réussi à enregistrer certaines de ses observations. Je ne m'étais pas lancée dans une mauvaise relation depuis. Mais je n'avais pas eu de relation du tout. J'avais eu un seul coup d'un soir, et ça avait été la partie de jambes en l'air la plus intense de ma vie.

Alors que je prenais une douche, la vapeur d'eau effaçait la douleur de mon cœur, et je me sentis presque fière de moi. J'avais posé une limite pour mon bien sentimental et je m'y étais tenue. Pendant que je m'habillais, mes pensées appuyèrent sur un bleu de mon cœur. Max n'était pas un connard. Même si je l'avais rencontré par le biais de quelqu'un d'autre qu'Owen, l'un de ses amis proches, je l'aurais senti. Quand nous avions posé nos règles de base pour ma santé mentale l'année dernière, je l'avais entendu de sa bouche : il ne cherchait pas quelque chose de sérieux. Il l'avait dit. J'avais besoin de croire ce qu'il avait dit et de ne pas espérer plus.

En plus, après les quelques recherches que je m'étais autorisée à faire en ligne, je voyais bien qu'il n'était pas du genre sérieux. Il semblait se contenter de relations légères avec des femmes qui étaient ravies d'être vues en public avec lui, pour un peu de gloire sociale.

Quelque chose qui ne m'irait pas. Pas du tout.

———

Un peu plus tard, je descendais vers le rez-de-chaussée, pour un petit déjeuner dans le restaurant de l'hôtel. Je m'occupais de moi, en silence, à boire un café et à dévorer une délicieuse omelette, quand je sentis la présence de Max avant même de le voir. Les poils le long de ma nuque se dressèrent, et une chatouille me courut le long du dos, alors qu'une chaleur me traversait.

Il était à mon niveau avant même que je n'aie le temps de me retourner pour le voir s'approcher. Il se tint devant ma table, en me regardant de haut. Ses cheveux noirs étaient humides et ses yeux bleus brillaient. Ses traits forts et droits étaient magnifiques. Aucun homme ne devrait être aussi beau que Max Channing. Il émanait une force silencieuse et une masculinité brute. Il n'y avait rien de féminin chez lui. Bon sang, j'aurais pu le regarder pendant des heures.

Ce qui était dangereux.

— Est-ce que je peux me joindre à toi? demanda-t-il.

Je savais que j'aurais dû dire non, mais je n'en avais pas envie. J'avais envie qu'il s'asseye en face de moi, qu'il prenne son petit déjeuner puis qu'il me traine jusqu'à ma chambre et de prendre quelques heures à me perdre en lui et à suivre ce désir fou qui nous unissait.

Folle – j'étais complètement folle.

Alors que je me préparais à tenir bon, Delia apparut près de nous, nous jetant un grand sourire.

— Bonjour vous deux. Max, je devrais t'amener un peu de café. Si je me souviens bien, tu le prends noir, dit-elle chaleureusement.

— Tu te souviens bien, répondit-il, alors que sa bouche se recourbait en un sourire et que mon estomac faisait des sauts.

J'avais l'impression que mes hormones se donnaient en spectacle pour lui, histoire de dire à ses hormones qu'elles étaient très heureuses de le voir.

Et maintenant, ça aurait été très malpoli de ma part de refuser que Max se joigne à moi, puisque Delia avait simplement supposé que nous étions ensemble; une supposition normale, étant donné nos amis en commun. Je venais à peine de commencer mon omelette, et il était plutôt évident que je n'avais pas fini mon petit déjeuner.

— Je reviens avec ton café, et je vais te remplir ta tasse, dit Delia, en jetant un œil à ma tasse à moitié vide.

— Ce serait super, merci, réussis-je à dire.

Max fut assez poli pour ne pas s'asseoir tout de suite, mais ça n'avait pas vraiment d'importance. Je lui fis signe de s'asseoir en face de moi.

— Vas-y, assieds-toi.

Il sourit à nouveau, et je manquai d'exploser de rire. Il lui suffisait de sourire pour que mes tétons pointent, comme pour lui dire bonjour.

Au moment où il s'assit, je me rendis compte à quel point cette table était petite. J'étais assise à l'une des tables carrées devant la fenêtre. Un des côtés du restaurant de l'hôtel était composé de grandes tables et de banquettes, alors que l'autre était composé de petites tables écartées. Cette table faisait un mètre carré, tout au plus.

Le genou de Max se heurta au mien quand il avança sa chaise, et ce petit moment de contact fut comme un éclair dans mon corps. Je décidai qu'il allait falloir que je trouve une façon de mettre fin à ce weekend plus tôt que prévu. Max était bien trop tentant.

— Comment vas-tu ce matin? demanda-t-il.

Je pris une gorgée de café pour me donner du courage et j'acquiesçai.

— Je vais bien, et toi?

Il pencha la tête sur le côté, en regardant par la fenêtre vers une vue incroyablement magnifique. Les montagnes caressaient le soleil levant. Ses yeux revinrent vers moi, soutenant immédiatement mon regard. Même si je n'avais pas passé beaucoup de temps avec Max, je commençais à m'habituer au fait que, quand il me regardait, j'avais l'impression que nous étions seuls au monde.

— Je vais bien, dit-il enfin. J'ai réfléchi...

Il s'arrêta quand Delia arriva, traversant le restaurant avec un plateau, se dirigeant droit vers notre table.

— Et voilà.

Elle posa un café sur la table pour Max, et remplit ma tasse rapidement.

— J'imagine que tu prendras quelque chose à manger, dit-elle en le regardant.

— Bien sûr. Je te fais confiance.

— Harlow mange la spécialité du chef ce matin, une omelette au saumon fumé avec une crème aux oignons.

— Je prendrai la même chose, dit-il simplement.

Avec un clin d'œil, elle se retourna et traversa le restaurant pour aller voir quelques autres clients. J'espérais presque que Max avait oublié ce qu'il était sur le point de dire. Même si j'étais terriblement curieuse de savoir à quoi il avait réfléchi.

Et il n'avait pas oublié. Au moment où son regard bleu glacial trouva le mien, il reprit son train de pensée.

— Donc, comme je disais, j'ai réfléchi. Je ne sais pas trop pourquoi tu crois que c'est une mauvaise idée, mais je pense que ce serait bête de ne pas voir où ça mène.

Même s'il n'avait pas précisé, je savais exactement de quoi il parlait. Il parlait de ce désir fou, sauvage et vibrant qui nous unissait. Je ne savais pas vraiment ce qu'il entendait par le reste de son affirmation.

— Je ne suis pas certaine de comprendre.

Il tendit le bras sur la table, passant son index sur mes phalanges, et je resserrai ma prise sur ma tasse de café. Son toucher était comme un lance-flammes sur ma peau. Mon pouls plongea, et mon cœur commença à se heurter à mes côtes.

— Tu as dit que c'était une mauvaise idée. Je ne sais pas si tu me diras pourquoi, mais j'ai une théorie, contra-t-il.

— Ah oui?

— Je crois que tu penses que je ne veux que coucher avec toi.

Non, c'est parce que je suis complètement cassée dans ma tête et que je me mets des bâtons dans les roues.

J'ordonnai à mon monologue intérieur de rester silencieux. Cette voix se tut quelques instants et je me sentis enlacée par l'intensité de son regard. Même si mon corps était complètement fou, ses yeux trouvaient un moyen de me rassurer. Et c'était ce qu'il y avait de plus fou dans cette affaire.

Comme je ne disais rien, il continua :

— Je ne vais pas mentir. J'ai envie de toi, mais je sais que ce qu'il se passe entre nous n'est pas quelque chose qui arrive tous les jours. Je propose qu'on oublie nos règles de base et qu'on voie ce qu'il se passe.

Son doigt caressa mes phalanges à nouveau. Je n'aurais pas pu le quitter des yeux même si j'en avais eu envie. C'était comme si j'étais dans une prison laser. Non pas que je connaisse cette sensation, mais je me basais sur les séries télévisées de science-fiction que j'avais vues.

En prenant une respiration saccadée, je me trouvai soulagée quand il éloigna sa main pour prendre une gorgée de café.

Je me surpris à parler honnêtement.

— Ce n'est pas que je n'ai pas envie de toi, mais j'ai tendance à en attendre trop des hommes. Je n'ai pas un très bon historique amoureux, et je suppose que tu ne fais rien de sérieux. Alors que moi je ne sais pas tellement faire dans le léger.

Max ne me quitta pas des yeux une seule fois, les plissant légèrement à ma dernière remarque. Je sentis qu'il réfléchissait à ses mots avec beaucoup d'attention.

— J'ai été amoureux une fois, dit-il soudainement, en me prenant complètement par surprise.

— Hein?

Ce fut ma réponse géniale.

Son rire grave me fit frissonner des pieds à la tête.

— Oui, j'ai été amoureux une fois. Et les choses ne se sont pas bien terminées. J'imagine que ce que j'essaie de dire c'est que je comprends l'idée de faire attention.

— Attention?

Je ne savais pas pourquoi il me disait tout ça. J'étais tellement surprise que j'en perdais l'équilibre.

Je n'étais pas vraiment prête à me lancer plus loin dans cette conversation, et c'est à ce moment-là que Delia se dirigea à nouveau vers notre table. Elle servit l'omelette de Max, remplit à nouveau nos tasses de café, et fit la conversation quelques minutes. Pendant ce temps, Marley Hamilton arriva. Elle travaillait à l'hôtel avec son mari Gage, et ils vivaient à l'étage dans une partie privée. Elle portait sa bambine chérubine Holly dans ses bras, qui avait les joues roses, de grands yeux verts et les mêmes cheveux blond vénitien que sa mère. Elle était parfaitement adorable.

Mon cœur sursauta, me rappelant qu'il y avait le type de prudence dont Max parlait sans doute, et le genre de prudence qu'il fallait que j'observe pour ne pas être blessée à nouveau. Alors que Marley parlait avec nous, je me dépêchai d'avaler le reste de mon omelette, et réussis à me lever dès que je l'eus terminée, prête à partir.

Je m'en fichais de fuir. J'allais saisir l'opportunité de dire au revoir. Je ne savais où Max voulait en venir avec cette conversation, mais je savais déjà que je m'engageais dans une voie que je connaissais beaucoup trop bien.

L'alchimie entre Max et moi était puissante, et l'intimité qui s'y profilait me terrifiait parce que je savais que j'allais souffrir. Je m'imaginais ma vie dans un quartier tranquille, avec une belle maison, et 2,5 enfants depuis que j'étais petite fille, et n'importe quel homme faisait l'affaire dans ma tête. Donc il valait mieux pour moi que j'évite d'imaginer ça avec quelqu'un qui m'attirait autant que Max m'attirait. Car quand l'inévitable se produirait, je me retrouverais avec une couche de complication en plus, en pensant à notre relation avec Owen et Ivy.

Marley me regarda alors que je me levais, avec son sourire chaleureux.

— Alors, tu restes combien de temps?

— Il faut que je rentre aujourd'hui en fait, pour le boulot demain, mentis-je.

J'avais eu l'intention de passer le weekend ici. Mais avec Max au bout du couloir, c'était une très mauvaise idée.

— C'était super de te voir.

Marley me surprit en me faisant un petit câlin, et Holly se retrouva écrasée entre nous deux avant d'attraper une mèche de mes cheveux quand Marley recula. Elle gloussa quand je la libérai.

Je regardai Max, en ordonnant à mes joues de ne pas rougir.

— Ça m'a fait plaisir de te voir aussi, dis-je en me forçant à garder une expression neutre.

Ses yeux m'explorèrent des pieds à la tête. Je ne savais pas comment interpréter son expression, mais je sentis qu'il était bien trop perspicace.

— Pareil. Je t'appellerai quand je serai à Anchorage, dit-il enfin.

Chapitre Treize

HARLOW

Trois jours plus tard, je me demandais encore si Max avait mon numéro de téléphone.

Je décidai enfin de tout avouer à Ivy. Elle m'avait simplement appelée pour prendre de mes nouvelles, et m'avait dit qu'elle avait trouvé ça étrange que je parte plus tôt que prévu, qu'elle était certaine que j'avais menti sur la raison. Je mentais forcément. Je m'étais sentie mal, donc je lui avais avoué toute la vérité.

— Ivy, je ne peux pas supporter Max.

— Comment ça ? Max est un gars très sympa.

Je me mordis la lèvre et pris une grande inspiration en m'enfonçant dans les coussins de mon canapé. Je louais une petite maison sur un petit terrain pas très loin à l'extérieur de Willow Brook. Susannah me l'avait proposée quand elle avait emménagé avec celui qui est aujourd'hui son mari, Ward. C'était un lieu mignon. Un chalet avec des balcons à tous les étages. Le rez-de-chaussée contenait un salon lumineux avec beaucoup de fenêtres qui allaient du sol au plafond sur le mur avant et offraient une vue sur un champ et le lac Swan au loin. La cuisine était derrière le salon, avec une salle de bains et une buanderie sur le côté. À l'étage, il y avait deux chambres et une salle de bains.

J'étais rentrée chez moi après le petit déjeuner à la station de ski, sans jamais donner une opportunité à Max de terminer notre conversation, et sans même trouver le temps de dire au revoir à Ivy et Owen. J'avais été plutôt occupée à me dire pendant les deux jours qui avaient suivi que partir était en effet la meilleure solution.

Ça m'avait pris deux ans pour ne pas me laisser avoir par une autre mauvaise décision, et je tenais bon face à la pire tentation que j'avais jamais rencontrée. Quoi que Max ait voulu dire, j'avais de sérieux doutes sur le fait qu'il m'annonce qu'il était fou amoureux de moi.

J'avais travaillé bien trop dur pour essayer de construire une estime de moi saine et pour apprendre à arrêter de rechercher chez n'importe qui l'amour que mon père ne m'avait jamais donné. Malgré la tentation que Max représentait, et malgré le fait que je m'étais endurcie, j'avais quand même peur d'être trop vulnérable. Avec Max, j'avais l'impression d'être à deux doigts de je ne sais quoi, comme si c'était un test.

Car, voyez-vous, je ne savais pas vraiment comment gérer ce moment-là. Non pas que je pensais que Max était le bon candidat pour ce genre de choses, mais je ne savais pas me laisser être vulnérable. Je ne l'avais jamais fait de la bonne façon et maintenant je n'avais aucune idée de comment le faire de façon saine.

Je sentais presque l'inquiétude d'Ivy vibrer dans mon téléphone.

— Je crois qu'il me manque une info. Est-ce qu'il s'est passé un truc entre toi et Max?

Après avoir pris une grande inspiration pour me donner du courage, je lui dis la vérité.

— Oui. Tu te rappelles quand tu as dit que tu avais un peu essayé de nous mettre ensemble en nous laissant ta maison à tous les deux?

— Ouais, mais tu m'as dit que Max n'était pas resté, qu'il était parti pour le boulot.

— Je ne mentais pas. Mais j'ai peut-être oublié de préciser qu'il est resté une nuit avant de partir. Et j'ai peut-être oublié de préciser qu'on a passé une nuit de folie au lit.

Le simple fait de dire ça à voix haute me fit rougir.

— Quoi?! Comment as-tu pu me cacher ça?

— Je ne te l'ai pas dit parce que c'était une très, très mauvaise idée. Tu sais que j'essaie de ne plus faire de bêtises avec les hommes. Max n'est pas vraiment le genre à avoir des relations sérieuses. Tu le sais, et je le sais.

Ivy resta silencieuse, mais je pouvais quasiment l'entendre réfléchir. Après un instant, je l'entendis soupirer.

— Je pense qu'il est capable de faire un truc sérieux.

— C'est ça, et je suis la spécialiste des trucs qui pourraient peut-être arriver mais n'arrivent jamais. Ivy, tu sais que je ne peux pas gérer un désastre de plus, encore moins si je me l'impose à moi-même. Je préfèrerais être célibataire pour le reste de ma vie que de me retrouver encore une fois en couple avec quelqu'un qui pense qu'on n'est pas en couple. En plus, c'est ton ami et l'ami d'Owen. Je ne veux pas que tu te fasses des espoirs, puis que ça tombe à l'eau, et puis que ce soit gênant à chaque fois qu'on se croise.

— Roh, est-ce qu'il t'a déjà fait du mal? Parce que je vais lui botter le cul, déclara Ivy, en bonne amie qu'elle était.

— Non, non, vraiment pas. Ce n'était vraiment pas

comme ça. C'est juste... Disons qu'il y a beaucoup d'alchimie entre nous. C'était juste une nuit. Je n'ai fait aucune promesse, et lui non plus. Il faut que ça reste comme ça. Donc pour ne rien faire d'idiot, je suis partie.

— J'aimerais vraiment que tu arrêtes de bannir tous les hommes de ta vie, murmura Ivy.

— C'est mieux que de me faire piétiner le cœur encore et encore.

— Max ne piétinera le cœur de personne, insista-t-elle.

Je soupirai, en sachant très bien qu'Ivy voulait bien faire.

— Écoute, c'est mignon que tu veuilles nous mettre ensemble, mais tu sais aussi bien que moi que ce n'est pas une bonne idée que j'essaie une relation légère. Et tu m'as dit toi-même que Max ne fait pas dans le sérieux.

Son soupir s'entendit à travers le téléphone.

— Je sais, mais il y a une raison pour laquelle j'ai essayé de vous mettre ensemble. Et il est clair que j'avais raison à propos de la connexion entre vous.

— Oui, mais il faut que je fasse attention à moi.

— Je déteste te voir te couper du monde comme ça. Tu te prends en otage. Ce n'est pas juste à propos de Max. Tu ne laisses de chance à personne.

— Je laisse plein de chances aux gens. Mais je n'ai pas de chance en matière d'hommes. Crois-moi, ce n'est pas l'alchimie qui manque entre Max et moi. Mais je sens déjà que je fais ce que je fais d'habitude. Je tomberais amoureuse de lui et ce serait bête. Il est entouré de jolies femmes qui ont bien plus envie que moi de lui servir de déco. En plus, je vis là et il vit à San Francisco.

— Tu sais, je pense que tu n'es pas juste envers

Max. Ce n'est pas comme si c'était un tombeur. Honnêtement, je ne sais pas vraiment ce qui lui est arrivé, mais il traite tous ses rendez-vous comme des rendez-vous d'affaires. C'est un gars très sympa et je pense que vous auriez une chance ensemble. Et ne me parle pas de géographie. Il a même parlé à Owen de son envie de quitter San Francisco.

J'avais vraiment envie de croire ce qu'elle me disait, mais mon cœur était trop fragile, et tomber amoureuse de Max ne pouvait que se finir en désastre.

— Ivy...

Elle m'arrêta immédiatement.

— Non, je suis sérieuse. Je ne fais pas ma romantique. Owen pense que Max t'aime bien. Je n'allais pas te le dire parce que je ne savais pas que vous aviez couché ensemble, dit-elle en insistant sur ses mots.

Je savais que ça ne lui plairait pas que je lui aie caché ça, mais cette conversation était ce que j'avais essayé d'éviter.

— Sérieusement, ce n'est pas bon pour toi d'éviter les hommes toute ta vie. Je sais que tu es allée voir une psy, et que tu travailles sur le fait de ne pas passer ta vie à chercher un prince charmant, mais il faut que tu donnes une chance à quelqu'un à un moment, si tu veux l'opportunité de construire une relation.

Ma gorge se serra. J'enfonçai mes pieds dans l'espace entre les coussins du canapé, resserrant la couverture que j'avais sur les genoux.

— Je sais. J'essaie juste de trouver le bon moment.

— Eh bah je vais creuser un peu l'histoire de Max pour savoir pourquoi il n'a jamais de relations sérieuses. Je sais qu'il ne te ferait pas de mal. Ce n'est pas un connard.

— Je sais que ce n'est pas un connard.

Je pus presque l'entendre lever les yeux au ciel à travers le téléphone.

— Bref, sur une note plus légère, c'était comment ce soir-là? demanda Ivy, avec un ton malin qui se traduisait parfaitement au téléphone.

Mes joues rougirent encore une fois. Ivy ne pouvait même pas me voir, mais le fait de penser à cette nuit avec Max me mettait dans tous mes états.

— C'était inoubliable, dis-je.

Ivy rit.

— J'imagine.

— Voilà, j'espère que t'es contente. Il faut que j'y aille. Il se fait tard, et il faut que j'aille à Anchorage demain pour quelques courses.

— D'accord, d'accord. Je te ferai un rapport quand j'aurai plus d'infos de la part d'Owen. Que tu le veuilles ou non, Max est peut-être bon pour toi.

Je grognai.

Ivy rit.

— Je t'aime, ma belle.

— Pareil, à bientôt.

En jetant le téléphone sur la table basse, je penchai la tête en arrière sur le canapé, en regardant le plafond.

Le plafond de cette maison était parfait pour ce genre de moment. Il était blanc crème et offrait une ribambelle de petits ornements à compter. Je les comptais lentement pendant que je réfléchissais à ma conversation avec Ivy. Même si je savais que garder mes distances avec Max était la solution la plus intelligente, le problème restait le fait que je mourais d'envie de lui laisser une chance.

Coucher avec lui était génial, peut-être que ça valait la peine de se faire briser le cœur.

En marmonnant des gros mots, je retirai la couverture de mes jambes et me levai pour aller me faire un chocolat chaud. Je regardai par la fenêtre de la cuisine en attendant que l'eau bouille. Il neigeait légèrement, les flocons brillaient comme une poussière féérique dans le ciel alors que la lumière de ma terrasse les éclairait.

Depuis que j'étais là, j'avais appris à aimer les saisons. J'avais aussi appris à aimer le fait de rester au même endroit. Je n'étais pas certaine de si c'était à cause de la mort de ma mère, quand j'étais si jeune, ou si c'était parce que mon père n'avait pas vraiment fait attention à moi pendant mon enfance, mais j'avais passé la plupart de ma vie à stresser, toujours inquiète de ce qu'il pourrait se passer le lendemain, et sans vraiment savoir à quoi ressemblerait mon futur. En tant qu'adulte, je pouvais comprendre que mon père avait sans doute un emploi du temps organisé un an à l'avance. Mais, en tant que petite fille, tout ce que je savais c'était que je sautais d'un endroit à l'autre.

Je pris une gorgée de mon chocolat chaud en réfléchissant à mon enfance. L'endroit où j'avais passé le plus de temps d'une traite était la Caroline du Nord. Avant que ma mère ne meure soudainement d'une rupture d'anévrisme, c'était là que nous vivions entre les voyages de mon père. Je n'avais que six ans quand elle était morte, donc mes souvenirs n'étaient pas très clairs, mais mes souvenirs d'enfance les plus concrets étaient les moments que j'avais passés avec elle. La famille de ma mère était aussi basée en Caroline du Nord, donc de temps en temps, en grandissant, j'allais passer les étés avec eux. Il faisait toujours très chaud et humide, et j'adorais ça. Je n'étais pas très proche de sa famille, mais c'était ce qui se rapprochait le plus d'un cocon familial pour moi. Ils m'envoyaient des cartes à Noël, et des cadeaux, et me faisaient toujours un câlin en me voyant.

La mort de ma mère avait brisé tout semblant de stabilité qui existait dans ma vie. Vivre ici, à Willow Book, dans ce petit village au bord de paysages sauvages, où j'habitais dans le même petit chalet depuis près d'un an, était un cadeau du ciel. J'adorais cet endroit. J'adorais mon boulot et les amis que je me faisais lentement.

Je me sentais un peu seule parfois, mais ça en valait la peine, pour m'être débarrassée du stress que je portais depuis si longtemps.

Comme toujours, mes pensées revinrent vers Max et je m'endormis en pensant à lui.

———

Le lendemain matin, comme prévu, je montai dans mon petit pickup et conduisis vers Anchorage. Mon père m'avait coupé les vivres, mais j'avais des économies d'un héritage que j'avais reçu de ma mère. J'en avais utilisé un petit peu pour m'acheter un véhicule et prendre mes repères ici. Le reste attendrait.

Le vent soufflait et l'air était glacial en cette journée de novembre alors que je conduisais vers l'est, vers Anchorage. J'adorais les matins d'hiver ici, quand le ciel était strié de violet et que la neige était blanche sur le sommet des montagnes.

J'allai dans quelques centres commerciaux en arrivant en ville. En plus de récupérer quelques courses pour moi, j'avais une liste plutôt longue pour des amis et connaissances de Willow Brook. J'avais rapidement appris ici que si quelqu'un allait à Anchorage, il était normal de jouer les livreurs. Janet avait besoin de quelques ingrédients pour la boulangerie, et Ward avait besoin d'une pièce pour sa voiture. Il m'avait promis que les gars du magasin de mécanique la chargeraient à l'arrière de mon pickup, et qu'il m'aiderait à la décharger, avec des gars de la caserne.

Vers la fin de l'après-midi, j'avais terminé, l'arrière de ma voiture était plein à craquer et la météo se dégradait. Rapidement. Les journées étaient courtes à cette période de l'année, et la journée la plus courte de l'année arrivait à grands pas.

Je n'avais rien qui pouvait périmer dans ma voiture, donc je décidai d'être prudente et de passer la nuit dans un hôtel. Comme j'avais déjà passé un million de nuits dans différents hôtels dans ma vie, j'avais beaucoup de points de fidélité accumulés et je me dirigeai directement vers l'une des chaines où j'en avais beaucoup. C'était une chance qu'il s'agisse d'un hôtel de luxe, un endroit très confortable quand le vent et la neige se déchainent dehors. Après avoir reçu la clé de ma chambre, je parlai avec Ivy quelques minutes quand elle m'appela.

— Eh bien, puisque tu passes la nuit à Anchorage, peut-être que tu devrais, tu sais, aller voir quelqu'un… dit Ivy, avec un ton chargé de sous-entendus bien trop évident même au téléphone.

— Sérieusement? contrai-je en secouant la tête, même si elle ne pouvait pas le voir.

— La seule façon de rencontrer quelqu'un, c'est d'aller rencontrer quelqu'un, dit-elle avec un rire avant qu'on se dise au revoir.

Même si ce n'était pas pour ça que j'y allais, ou du moins, c'était ce que je me disais, je décidai de m'arrêter au bar pour un petit verre avant d'aller me coucher.

Assise à un coin du bar, je dégustais un verre de vin chaud quand un homme vint s'installer à côté de moi. Je retins un gros mot. J'avais envie d'être au calme ce soir, pas de me faire draguer.

Je me forçai à regarder cet homme parce qu'Ivy m'embêtait toujours à me dire que je n'essayais même pas et me disait que je ne trouverais jamais qui que ce soit si je ne faisais pas attention. Mais cet homme n'avait aucune chance. Il était assez beau, objectivement. Il avait des cheveux marron et des yeux qui allaient avec, et il avait l'air d'être un homme d'affaires, vu sa tenue.

— Est-ce que je peux vous offrir un verre? demanda-t-il en guise de bonjour.

Je levai mon verre à moitié plein.

— Non, merci, j'ai ce qu'il faut.

— Alors, qu'est-ce qui vous amène ici?

— Oh, quelques courses, c'est tout.

Je n'essayais pas d'être malpolie, mais j'essayais de ne pas être trop accueillante non plus. Il ne comprit pas le message quand je regardai la télévision au-dessus du bar.

— J'imagine que c'est mon soir de chance.

Je souris, tendue, et vis la barmaid me jeter un regard. Il y avait beaucoup d'autres sièges vides pour cet homme. Je ne savais pas ce qu'elle lut sur mon visage, mais elle s'avança nonchalamment vers notre bout du bar.

— Vous êtes prête à régler l'addition? demanda-t-elle, son regard sur moi.

Une partie de moi avait envie de dire oui, mais j'étais énervée. J'avais juste envie de me détendre et de boire un verre. Au lieu de ça, je me retrouvais avec un gars qui voulait me draguer, et ça ne m'intéressait pas du tout.

Avant que je ne puisse répondre, une voix résonna, par-dessus mon épaule.

— Te voilà!

Je connaissais cette voix. Max. Ce simple son me

hérissa les poils à l'arrière de la nuque et une vague de chaleur me traversa.

J'étais aussi plutôt soulagée qu'il soit là. C'était ça le truc chez lui. C'était très risqué pour mon cœur, mais c'était un gars bien, et je ne pensais pas qu'il aurait osé embêter une femme comme cet homme l'avait fait. Non pas que cet homme ait fait quoi que ce soit de mal en soi. Mais j'avais envoyé des signaux négatifs, en sous-entendant que je n'étais pas intéressée et il s'était quand même installé là, avec l'intention de rester, et s'était même jugé chanceux.

— Je te cherchais dans le hall, continua Max alors qu'il arrivait à mon niveau, se plaçant entre moi et l'homme assis à côté.

Il n'y avait pas beaucoup de place et Max était un grand homme. C'était un peu gênant. Ça ne me dérangeait pas, encore moins quand il passa son bras autour de ma taille et se pencha en avant, pressant ses lèvres contre ma tempe.

— Elle m'attendait mais j'étais en retard, dit-il pour s'expliquer à la barmaid. On va prendre une table si ça ne vous dérange pas. On veut bien des menus même, ce serait parfait.

Chapitre Quatorze

HARLOW

Max ignora complètement l'homme assis à côté de moi, faisant glisser sa main le long de mon dos vers là où j'étais assise sur mon tabouret de bar, en exerçant une douce pression. Je n'allais pas débattre. Je n'étais absolument pas d'humeur à me faire draguer par un inconnu.

Il y avait aussi la vérité simple que, quand il s'agissait de Max, je semblais parfaitement incapable de résister à son attirance magnétique. Quelques instants plus tard, je marchais à ses côtés, sans que sa main ne quitte le bas de mon dos. La chaleur de son toucher était comme un fer rouge, me picotant à travers la soie de mon chemisier et du débardeur que je portais en dessous, jusqu'à mes bottes de cowboy.

Max me guida jusqu'à une petite table dans le coin. Il tira une chaise pour moi et je m'y installai. Mon pouls s'était lancé dans un galop alors que je sentais mon cœur battre dans tout mon corps. Ce besoin que seul Max déversait dans mes veines. Dès que j'étais avec lui, mes sens étaient en alerte. Je sentais sa chaleur, sa force, je distinguais même un peu de son odeur propre et fraiche et je sentais la brûlure de son regard quand il s'installa en face de moi.

— Bonsoir Harlow, dit Max en installant son coude sur le dos de sa chaise alors qu'il se reculait.

— Bonsoir Max.

Je ne trouvais vraiment plus de mots. J'étais trop occupée à tenter de contrôler mon corps face à la réaction brute que sa présence générait.

Il resta silencieux un instant, avec un regard bien trop perspicace à mon goût.

— J'espère que mon interruption ne t'a pas dérangée. C'est ici que je vis en ce moment, et Ivy m'a prévenu que tu étais là, dit-il enfin.

Oh bon sang. J'aurais dû savoir qu'Ivy dirait à Max où j'étais. Elle ne m'avait pas dit qu'il était dans cet hôtel. Mais je n'allais pas me lancer là-dedans avec Max.

— Non, c'était pratique pour être honnête. Je ne sais pas trop qui était ce gars, mais il a l'air de penser que je cherchais plus qu'un verre.

La bouche de Max s'étira en un sourire lent. Bon Dieu. Ses sourires me faisaient perdre le contrôle de mon corps. Dès qu'il me regardait, mes sous-vêtements étaient trempés.

— Bon à savoir, mon jugement était correct.

Complètement perdue à l'intérieur, j'avais l'impression de me battre contre la vague de désir qui montait en moi.

— Qu'est-ce que tu aurais fait si j'avais eu envie qu'il me drague?

J'étais vraiment curieuse, mais je voulais l'embêter aussi. Peut-être que c'était fou, mais tout ce que je faisais avec Max semblait fou.

Il plissa les yeux, le regard glacial.

— Ça ne m'aurait pas plu. Du tout, dit-il platement.

L'air de la pièce semblait chargé, craquant d'électricité entre nos deux corps. Une serveuse arriva. Je supposais que la barmaid nous avait envoyé quelqu'un après que Max eut demandé des menus. Elle s'arrêta et nous sourit joyeusement.

— Bonsoir, si j'ai bien compris vous souhaitez diner.

— Tout à fait.

La serveuse nous tendit des menus et Max me regarda.

— Tu as mangé? demanda-t-il.

Je secouai la tête. J'avais eu l'intention de commander à manger au bar.

La serveuse regarda Max.

— Est-ce que vous souhaitez quelque chose à boire? demanda-t-elle en nous servant des verres d'eau.

— Une bière ce serait super, ce que vous avez en pression, merci.

Il lança un regard à mon verre presque vide.

— Et toi?

— Moi ça va, merci. Juste de l'eau.

Si Max avait une opinion sur mon choix, il ne dit rien. La serveuse se dépêcha de lui ramener une bière et je parcourus le menu, décidant rapidement de prendre un burger et des frites.

— Tu n'as pas à m'inviter à diner, dis-je en posant le menu au bord de la table.

Il ferma le sien et soutint mon regard.

— Je t'invite à diner.

Je levai les yeux au ciel.

— Ce n'est pas nécessaire.

— Justement pour ça que je le fais, alors pourquoi refuser?

Je n'avais pas envie de débattre de ça avec lui donc je haussai simplement les épaules. Notre serveuse arriva et on commanda tous les deux un burger avec des frites. Quand elle partit, je décidai de m'en tenir à des sujets mondains.

— Alors, comment se passe le rachat? Tu travailles avec Owen là-dessus?

Max acquiesça en prenant une gorgée de sa bière.

— Ce n'est pas comme si on faisait ça souvent. C'est la troisième fois qu'on rachète une compagnie en difficulté. On ne le fait que quand une compagnie semble sur le point de se mettre en faillite et qu'ils ont des brevets qui peuvent nous intéresser en énergie renouvelable. Ce n'est pas une étape qu'il aime beaucoup, et il passe beaucoup plus de temps sur les designs que moi. D'habitude je suis plutôt logistique et finance. Ça ne me dérange pas. J'imagine que je sais plus compartimenter que lui.

On se lança dans une discussion facile sur la compagnie qu'ils venaient d'acheter. Je savais ce qu'Ivy et Owen faisaient, mais, en parlant avec Max, je réalisai qu'ils étaient bien plus impliqués dans un domaine d'ingénieurs et d'énergies renouvelables que je le pensais. Je n'aurais peut-être pas dû être aussi soulagée de parler de boulot, mais je l'étais. Ça me distrayait de la réaction folle de mon corps à la présence de Max.

HARLOW

Max était, sans surprise, un homme intelligent et très capable de parler business. Il était clairement passionné par le développement durable, concentrait son attention vers ce domaine et ne se cachait pas du fait que, même s'il avait des compétences d'ingénieur, son aisance avec les chiffres et sa capacité à voir à long terme pour le plan d'une entreprise l'avaient doucement installé dans un rôle de manager.

Le diner passa rapidement. J'évitai de commander un autre verre, en me disant sévèrement qu'il valait mieux que je reste sobre. J'étais déjà dans un sale état devant Max, je n'avais vraiment pas besoin de devenir pompette et de baisser ma garde. J'aurais été parfaitement ravie de ramper sur la table et de m'installer sur ses genoux. Non pas parce que j'aimais le faire en public, mais parce qu'il était vraiment tentant.

Quand la serveuse passa à notre table pour voir si l'un de nous avait besoin d'un verre et pour prendre nos assiettes vides, je secouai la tête. Max me regarda quand elle s'éloigna.

— Non pas que ça m'importe, mais est-ce qu'il y a une raison pour laquelle tu ne bois pas?

Je me surpris moi-même avec ma réponse directe.

— Parce que je n'ai pas besoin de faire d'autres bêtises avec toi.

Pendant une seconde, je sentis mon commentaire le scotcher. Max battit des paupières rapidement, et je ressentis une pointe de regret. Il resta silencieux un instant, finissant le reste de sa bière.

— Tu penses que tu sais tout sur moi, c'est ça?

Je commençai à secouer la tête mais je finis par hausser les épaules. Qu'est-ce qui me prenait? J'avais déjà été plus directe que ce que j'aurais dû.

— Peut-être.

Max se pencha légèrement en avant. Rien que ce petit changement de distance entre nous fit battre mon cœur plus fort et embrouilla mes pensées. Son regard bleu soutint le mien.

— Ce n'est pas juste, Harlow.

— Je n'ai pas...

Je ne finis pas ma phrase quand je réalisai que je ne savais même pas ce que je voulais dire.

Max tendit la main sur la table et prit la mienne, que j'avais posée là. Le simple fait de sentir sa peau sur la mienne fit que je me mis à sentir mon cœur cogner contre mes côtes et mon souffle se saccader.

— Je ne vais pas faire comme si j'étais un ange. Mais je sais que ce qu'il se passe entre nous ne va pas disparaitre. Je n'ai jamais fait de promesses que je ne pouvais tenir, mais j'ai assez de bon sens pour savoir que personne ne peut rien promettre. Ce serait bête qu'on ignore ce sentiment.

Sa voix était comme un velours épais, elle m'hypnotisait presque. Je ne pouvais pas détourner le regard, et je plissai les yeux, me concentrant sur la caresse douce de son pouce sur mes doigts. Car le moindre toucher de sa part me mettait dans un état de désespoir, de désir et de besoin. Ça me mettait dans un état de vulnérabilité la plus totale.

J'entendis la voix d'Ivy dans ma tête, me rappelant que je ne laissais de chance à personne. Peut-être, rien que peut-être, qu'il fallait que je laisse les choses se faire ici. Si j'y allais avec les yeux grands ouverts pour une fois, sans espérer plus.

Le pouce de Max passa sur le bout de mes doigts, un geste subtilement érotique. Je n'avais jamais remarqué que le bout de mes doigts était si sensible. L'air autour de nous était lourd tandis que j'essayais de prendre une grande respiration et n'y arrivais pas. Mon cœur battait trop fort, et j'avais l'impression que mon corps venait de courir un marathon. C'était fou, j'étais simplement assise avec Max à lui tenir la main, et à ressentir sa caresse.

— D'accord, dis-je enfin.

Notre serveuse arriva avec l'addition. Max ne lâcha pas ma main une seule seconde, plongea son autre main dans la poche de son pantalon pour attraper son portefeuille avant de lui tendre une carte de crédit. Elle partit rapidement, en disant qu'elle reviendrait avec le reçu. Étant donné que Max l'ignorait presque, elle méritait des points de courtoisie.

Max ne m'avait pas quittée des yeux une seule seconde pendant ce bref échange.

— D'accord quoi? demanda-t-il.

— D'accord, voyons ce que ça donne.

Je vis bien que ma réponse le surprit. Il écarquilla un peu les yeux, ses narines tremblèrent et il serra un peu ma main alors que ses yeux s'assombrissaient.

— Dis-moi tes règles de base. Je suis sûr que tu en as, dit-il doucement, d'une voix délicieuse.

Avant que je ne puisse répondre – et je ne savais même pas quoi répondre – notre serveuse revint. Max signa le reçu et lui rendit. Si jamais elle avait une opinion sur le fait qu'il ne faisait pas du tout attention à elle, elle ne le montrait pas. Après un « Merci », elle nous laissa tranquilles.

Max se leva et enroula sa main fermement autour de la mienne. Alors que je me levais, je ne pus m'empêcher de blaguer.

— Tu vas me rendre ma main?

Il ne répondit pas, mais il ne me lâcha pas pour autant. Non pas que ça m'ait posé problème.

Alors que l'on commençait à sortir du restaurant, il me regarda, un sourire en coin.

— Non, répondit-il, en décalage. À partir de maintenant, je te toucherai en permanence. Au moins pour les quelques prochaines heures.

Cette promesse sensuelle envoya une vague de chaleur en moi et un désir brûlant se mit à monter au sommet de mes cuisses. Ce désir que j'essayais d'éteindre était un feu de forêt qui s'emparait de mes sens.

Alors que sa main chaude tenait la mienne, on traversa l'accueil de l'hôtel pour aller vers les ascenseurs. Quand on en prit un, un autre couple nous suivit, et je me sentis très déçue. C'était un testament au désir profond que je ressentais pour Max, le fait que je sois frustrée de ne pas pouvoir lui grimper dessus immédiatement dans cet ascenseur.

Soyons clairs, je n'étais vraiment pas du genre à me montrer en public, mais Max embrouillait mon esprit et ma raison, je perdais de vue tout ce qui n'était pas lui. L'air autour de nous était chargé.

— Étage, murmura-t-il doucement.

— Oh, sept, dis-je, sortant de ma transe.

Il appuya sur le bouton puis s'appuya contre la rampe. En un regard, il semblait bien plus détendu que moi. J'avais l'impression d'être en train de tomber dans un chaudron de désir. Alors que lui avait l'air parfaitement calme, cool et à l'aise. La seule chose qui le trahissait était la chaleur contenue dans son regard quand il posait les yeux sur moi.

J'eus l'impression de passer une éternité dans l'ascenseur, même si ça n'avait sans doute été qu'une minute ou deux. L'autre couple était à l'étage au-dessus du mien. Dès que les portes se refermèrent derrière nous, Max bougea rapidement, me faisant tourner dans ses bras et me plaquant contre le mur.

— Dieu merci, tu ne m'as pas demandé de te laisser seule ce soir, murmura-t-il, ses mots vibrants contre mon front.

Puis ses lèvres caressèrent ma peau, passèrent sur ma tempe, le long de ma joue avant de se coller aux miennes.

C'était presque comme une bouffée d'air. Alors que son corps musclé était collé au mien et que ses coudes m'emprisonnaient contre le mur, je devenais presque folle d'envie. Quand il commença à se reculer, un gémissement frustré m'échappa, et j'attrapai son t-shirt pour le rapprocher de moi à nouveau.

Il obéit. Au moment où ses lèvres trouvèrent les miennes, sa langue se joignit à nouveau et je gémis dans sa bouche. Quelques secondes plus tard, notre baiser était sauvage, nos langues s'emmêlant, chaudes, humides.

Je perdis le fil, ne me concentrant que sur la sensation du corps de Max contre le mien. Son corps n'était fait que de muscles. Son excitation reposait en haut de mes cuisses, et je sentais chaque centimètre durci.

Il marmonna quelque chose pendant un baiser puis se détacha.

— Bon sang, Harlow. Je vais te baiser contre ce mur. Donc à moins que ce soit ce que tu veuilles, tu ferais mieux de me dire où est ta chambre.

Ses mots suffisaient à faire vibrer mon intimité. Ma culotte était trempée depuis le diner, donc ce n'était rien de nouveau. Dans une transe de désir, je compris ce qu'il disait et réussis à me redresser pour m'écarter du mur.

— Je te suis, dit-il, sa voix rauque lâcha une volée de papillons dans mon ventre.

— Par là, murmurai-je en me retournant.

Quelques pas plus loin, je réalisai que j'étais partie dans la mauvaise direction et fit immédiatement demi-tour, me heurtant à Max en même temps. Il ne dit rien, il s'accrocha simplement à ma main alors que je traversais rapidement le couloir, les jambes tremblantes.

Après avoir fouillé mon sac, je me souvins que la clé était dans ma poche. Je la sortis, la passai devant le détecteur de la porte puis nous étions dans ma chambre. Max n'attendit pas. Il me fit tourner contre la porte, et notre baiser reprit là où nous l'avions laissé. Sauf que, cette fois, il n'y avait rien pour nous retenir.

Le temps que mon cerveau se réveille à moitié, mes tétons étaient humides et il passait sa langue sur une pointe tendue alors que mon chemisier et débardeur étaient au sol. Mes jambes étaient enroulées autour de ses hanches et je me cambrais contre sa gaule.

— J'ai besoin de te déshabiller, murmura-t-il en reculant encore une fois d'un baiser fougueux.

En s'écartant de la porte, il me tint fermement contre lui alors que je passais ma langue le long de son cou, me délectant de la saveur salée de sa peau. Tout ce que je m'étais dit sur le fait de garder mes distances était perdu dans un malstrom de désir brûlant qui m'attirait dans ses flammes.

J'adorais l'aise avec laquelle il me soulevait. Il joua avec l'intensité de la lumière sur l'interrupteur alors qu'il avançait dans le petit couloir qui menait à ma chambre. Quand on arriva au niveau du lit, il me posa doucement. Je me levai immédiatement, retirant mes bottes et mon jean. C'était comme si c'était une course, à celui qui réussirait à retirer ses vêtements le premier. Mes bottes se retrouvèrent à deux coins opposés de la chambre, mon jean en boule au sol, et ma culotte atterrit sur la lampe de chevet.

Puis il s'allongea sur le lit, à côté de moi, et je gémis à la sensation de sa peau chaude contre la mienne. J'étais complètement frénétique, j'enroulai mes jambes autour de lui, me retrouvant à califourchon au-dessus de sa taille.

— J'ai besoin de toi, lâchai-je.

Max agrippa mes hanches, me stabilisant alors que j'essayais de me lever.

— Oh, tu m'as. Mais je ne vais pas brûler les étapes. Tu es quelque chose qui se savoure.

Bon Dieu. Cet homme allait me tuer avec ses mots.

Il nous retourna d'un mouvement simple et mes contestations se perdirent dans notre baiser. Puis ses lèvres passèrent le long de mon cou, sa barbe mal rasée griffant mes seins alors qu'il passait sa langue sur mes tétons, et ses doigts jouant entre mes cuisses. J'oubliai mon envie d'argumenter et me perdis dans un flou de sensations.

Je ne savais pas ça sur moi-même avant ma première nuit avec Max, mais j'adorais la façon dont il prenait le contrôle. Oh, il n'était pas insistant, ou dominateur. D'ailleurs, son contrôle était si total qu'il n'avait pas besoin de l'être. Ses dents titillèrent mon téton et je lâchai un cri, puis je sentis son gloussement grave contre ma peau.

Il remonta le long de mon corps, posant son poids sur moi. Je me cambrai contre lui par réflexe. J'étais lisse et trempée, et sa queue caressa mes plis.

— Oh non, tu ne réussiras pas à me forcer à aller vite, murmura-t-il contre mes lèvres.

Avec une autre caresse de sa langue contre la mienne, il se recula en mordant ma lèvre.

Je le mordis en retour, lui soutirant un nouveau gloussement.

— C'est ça que j'aime chez toi, murmura-t-il.

— Quoi? demandai-je, écorchée par le désir.

— Tu oublies d'être polie. Mords-moi autant que tu veux.

Avant que je ne puisse réagir, il explorait mon corps vers le bas, ses lèvres, dents et langue me provoquant et ses mains voyageant jusqu'à mes cuisses pour les écarter. Quand ses lèvres traversèrent mon ventre, je hurlai.

— Besoin de quelque chose?

Le ton joueur de sa voix ne fit qu'augmenter le besoin que je ressentais.

En balançant mes hanches sans relâche, je murmurai :

— Oui.

Quand je le regardai, ses yeux bleus me brûlèrent. Il passa ses doigts le long de mes plis lisses, passant sur mon clitoris, juste assez longtemps pour m'envoyer un éclair de plaisir et me faire gémir.

— Ça, peut-être? demanda-t-il alors qu'il plongeait enfin – enfin – ses doigts en moi.

J'étais tellement excitée que je manquai de jouir

rien qu'à ce moment-là, mais il m'en donna juste assez pour faire monter mon désir et me faire cambrer les hanches.

— Max, murmurai-je, presque en colère.

Tout comme la nuit avec lui un an plus tôt, c'était comme s'il savait que j'avais atteint ma limite. Un autre doigt rejoignit le premier et il me caressa, me baisant doucement avec ses doigts. Sa bouche rejoignit le concert et sa langue joua avec mon clitoris alors qu'il faisait des va-et-vient en moi.

Le simple fait de passer du temps avec Max était un préliminaire pour moi, donc j'étais déjà au bord du gouffre, cette vague montant en puissance en moi et s'écrasant si fort que je vis des étoiles quand le plaisir explosa.

Alors que mon esprit se réveillait doucement, je le sentis se retirer avant de se placer au-dessus de moi. Je n'avais aucune idée d'où il avait sorti un préservatif, mais il l'enfila rapidement avant de poser son poids contre mon corps.

Je mourais d'envie de l'avoir en moi, même s'il venait déjà de me faire jouir si fort que j'avais l'impression de m'être brisée en mille morceaux. Je commençai à enrouler mes jambes autour de lui, mais il changea d'appuis pour nous faire tourner, afin que je sois sur lui. Je me sentais exposée, nue devant lui alors qu'il me regardait d'en dessous. En se reculant, il s'appuya contre la tête de lit. Avec son regard sombre sur le mien, mon corps explosa quand il écarta une mèche de cheveux emmêlés de mon visage.

— Monte-moi, dit-il.

Il n'y eut pas d'hésitation. Je n'aurais pas pu dire non à Max pour quoi que ce soit quand nous étions dans cet état-là. Alors que je me soulevais, il passa la main entre nous, tirant la tête épaisse de sa queue d'avant en arrière dans mes plis. J'étais tellement à fleur de peau que je manquai de jouir encore une fois. Mais là, il plongea en moi et je m'abaissai, le sentant me remplir alors que je hurlais.

Son pouce caressa mes lèvres et je l'attrapai entre mes dents, ouvrant les yeux quand il murmura mon nom.

— Je veux que tu saches exactement qui je suis quand tu jouiras, dit-il crument.

Bon Dieu. Cet homme. Sa main passa sur mes côtes pour venir agripper mes hanches. Ça commença doucement alors que je me balançais contre lui et il monta pour me rejoindre, chaque coup de hanche plus profond que le précédent. J'étais serrée parce que ça faisait un an que je n'avais couché avec personne.

Je me perdis dans le moment, la sensation de ses mains fortes sur mes hanches, mes tétons frottant contre son torse alors que je montais et descendais, encore et encore et encore. Je courais vers une nouvelle explosion, une qui montait plus lentement, plus intense.

Je chantais son nom alors que le plaisir commençait à exploser en moi. Son pouce caressa mon clitoris, et je jouis avec un cri tremblant, en entendant son hurlement brut au loin alors qu'il se raidissait et tremblait sous mon corps. Son bras s'enroula autour de moi et sa main passa dans mes cheveux emmêlés tandis que je m'écroulais sur lui.

Il était une bouée de sauvetage dans une tempête de plaisir, alors que des vagues électriques me traversaient encore.

Chapitre Seize

MAX

Je m'endormis dans les bras et Harlow et me réveillai au même endroit. Je ne savais pas ce que je faisais. Pas vraiment. Tout ce que je savais, c'était que je n'étais pas sur le point de partir. C'était beaucoup trop bon d'être avec elle. Elle était comme une drogue, avec une ligne directe vers mes veines.

Après nous être démêlés, je la portai jusqu'à la douche. Une fois qu'on fut propre, on retourna au lit et elle s'endormit blottie contre mon épaule, une jambe sur les miennes. Je restai éveillé un moment, en réfléchissant à quel point il était difficile de garder le contrôle quand il s'agissait de Harlow.

Je n'avais jamais eu à faire beaucoup d'efforts pour mes relations romantiques. Ça n'avait fait que se simplifier quand j'étais devenu le PDG d'une compagnie florissante, avec de l'argent et des contacts. Non pas que ça m'importait beaucoup. Même si j'avais de l'argent aujourd'hui, j'avais été élevé humblement. Mes parents n'étaient pas très pauvres, mais tout avait toujours été limité. Mon père était mécano et ma mère, prof. J'avais grandi dans une ville de taille moyenne dans l'ouest de la Pennsylvanie. Les montagnes étaient magnifiques dans ce coin, et la vie était simple.

En plus de mes prouesses en sport, j'étais très bon élève. Si mon père était né dans un autre milieu, il aurait facilement pu devenir ingénieur. Mon aisance avec ce genre de compétences venait de lui, tout comme mes facilités en maths. Mais, en soi, c'était un très bon mécanicien automobile, très satisfait de sa vie.

Lui et ma mère s'étaient rencontrés au lycée où ils s'étaient mis ensemble, et ils nous avaient élevés, moi et ma petite sœur Mariana, dans un environnement simple et calme. Comme je venais d'une famille aimante, je m'étais trouvé une copine au lycée que je pensais aimer. On s'était séparés mais étions restés en bons termes quand je suis parti à la fac puis au MIT.

C'était là que j'avais rencontré Cheryl. Je voulais plus que ce que mes parents avaient dans la vie, mais je voulais aussi la stabilité qu'ils partageaient. Cheryl et moi nous étions rapidement installés dans le genre de relation que l'on a à la fac : beaucoup de sexe et beaucoup de révisions.

Je pensais que j'étais amoureux d'elle et, d'une façon, je l'étais. Puis je l'avais ramenée chez mes parents un weekend. Je ne savais pas à quoi elle s'attendait, mais je pense qu'elle ne s'attendait pas à une petite maison de campagne un peu vieillotte, sur un étage, avec un petit jardin et le garage de mon père sur le même terrain.

Ça avait été tendu. Je n'avais pas essayé de donner une fausse image de mon enfance, mais, avec le recul, je vois comment elle avait pu s'attendre à autre chose. Elle chassait une fortune, et avait assez de bon sens pour penser qu'elle la trouverait. Encore aujourd'hui, je pensais qu'elle était restée avec moi simplement car j'avais un avenir prometteur au MIT. J'avais les compétences pour dégoter n'importe quel poste d'ingénieur qui m'intéresserait. Quand j'avais refusé un poste très bien payé comme ingénieur de réseau dans une grosse compagnie, elle m'avait quitté et m'avait dit qu'elle pensait que j'étais trop humble pour elle.

Ce n'était rien d'horrible, mais ça m'avait fait du mal. À ce moment-là, j'étais concentré sur l'idée de monter ma propre compagnie, et je n'avais pas beaucoup d'argent. Je dédiais toute mon énergie à ce projet, et j'avais décidé que je ne voulais plus perdre de temps à chasser l'amour que mes parents partageaient.

Harlow bougea à côté de moi, sa peau douce caressant la mienne. Elle ne se réveilla pas et s'installa contre moi avec un doux soupir. Je m'étais réveillé un peu plus tôt avec un bras enroulé autour d'elle et ma main caressant la courbe de ses fesses généreuses. J'avais été plus qu'heureux de laisser ma main là alors que mon esprit divaguait.

Son petit mouvement ramena mon esprit au présent. Je voulais me convaincre que cette histoire n'était que du sexe. Il y avait sans conteste une attirance chaude, primaire et sauvage, et nos parties de jambes en l'air étaient incroyables.

Mais je n'avais pas oublié le sentiment de soulagement que j'avais ressenti en partant après notre nuit ensemble l'année dernière. Je savais maintenant que, même si je n'avais passé que deux nuits avec Harlow, je me trompais amèrement en pensant que me laisser aller à la passion me permettrait de l'oublier. J'avais assez de bon sens pour savoir que tout ce qu'il se passait entre nous n'avait été que renforcé par l'intimité vibrante que nous y avions injectée.

Ce qui posait la question de pourquoi je n'étais pas

parti ce matin. Car les relations étaient presque des échanges professionnels pour moi, mais j'étais parfaitement incapable de m'éloigner de Harlow. Pas tout de suite.

J'essayais même de trouver la meilleure stratégie pour la convaincre de ne pas me claquer la porte au nez ou de ne pas me juger trop vite. Je ne savais qui ou comment, mais je savais que quelqu'un lui avait fait du mal et j'étais déterminé à éponger cette douleur. Ça n'avait absolument aucun sens. Mais, là encore, rien n'avait vraiment de sens quand il s'agissait de mes réactions face à Harlow.

Je tournai la tête sur le côté, regardant la table de chevet. Le réveil annonçait 7 h du matin. Il faisait encore nuit dehors, mais c'était l'Alaska après tout. Le mois de décembre arrivait à grands pas. Je me trouvais à me demander où Harlow avait pu passer Thanksgiving et j'espérais qu'elle ne l'avait pas passé seule.

Malgré l'inquiétude qu'Ivy avait exprimée à mon égard pour les vacances de Noël, j'avais une famille, et ils comptaient beaucoup pour moi. Beaucoup. Même si Ivy me connaissait depuis quelques années maintenant, je ne pensais pas qu'Owen parlait souvent de moi.

Peut-être que j'avais des réunions la veille de Noël certaines années, mais seulement par choix, pas parce que je ne pouvais pas rentrer chez moi. Le simple fait de penser à ma famille avec le corps chaud de Harlow pressé contre moi me faisait penser à la sienne. Je savais que sa mère était morte quand elle était jeune, et qu'elle avait passé son enfance seule avec son père. Howard May était bien connu pour être du genre à travailler tout le temps.

La partie de mon esprit déterminée à ne pas s'embêter de relations romantiques tenta de se défendre faiblement.

Qu'est-ce que tu dis, bon sang? Tu ne fais plus ce genre de choses.

Quelle que fut la partie de mon cerveau que Harlow avait réveillée, elle avait sa propre opinion sur le sujet.

Oh si, je vais le faire. Harlow ne veut rien de moi. Ni mon argent, ni mon statut social. Elle aurait pu obtenir tout ça d'elle-même, avec son père, et elle a décidé de partir.

Un sentiment de malaise me traversa, mais je l'ignorai. Je n'allais pas quitter Harlow, même si toute cette passion n'était peut-être que passagère. J'irais jusqu'au bout, pour voir ce qu'il se passerait. S'il y avait plus qu'une simple passion, j'irais au bout de ça aussi.

Je repoussai ces pensées dans un coin quand Harlow bougea à nouveau contre moi et que je ne pus résister à l'envie d'occuper mes mains. Elle était trop douce, beaucoup trop tentante. Je passai la main sur la douce courbe de ses fesses, caressant sa peau soyeuse du bout des doigts.

Ses tétons se tendirent contre mon torse. C'était pratique d'avoir deux mains. L'une remonta sur son côté, je jouai avec son téton du bout du pouce, sentant le moment où elle se réveilla. Elle murmura quelque chose contre ma peau puis se redressa sur ses coudes. Il y avait un peu de lumière venant de l'entrée de la chambre que j'avais laissé allumée la nuit dernière. Ses cheveux étaient emmêlés sur son visage.

— Quelle heure est-il? demanda-t-elle d'une voix endormie.

— Sept heures et quelques.

Je passais encore mon pouce sur son téton, savourant le sursaut de sa respiration. Je n'étais pas certain de ce à quoi elle pensait, mais je vis le moment où elle cessa de réfléchir. Elle laissa échapper un petit rire puis elle plongea le visage et déposa des baisers sur mon torse.

Je voulus dire quelque chose mais elle bougea vite. Elle fit son chemin le long de mon corps en écartant les draps. Je grognai quand elle enroula sa main sur ma queue.

Bordel. Cette femme. Je passai ma main dans ses cheveux quand elle enroula sa langue le long de mon gland. Elle m'avala dans la chaleur humide de sa bouche, me faisant presque exploser immédiatement. Je m'étais réveillé en bandant car il suffisait qu'elle existe pour que j'aie envie d'elle.

Elle me poussa au bord du gouffre, se reculant pour passer sa langue le long de mon membre, puis en dessous avant de m'avaler à nouveau. J'étais sur le point d'exploser, mais j'avais envie d'être en elle.

— Harlow, lâchai-je.

Elle recula avec un rire doux qui emplit la pièce sombre.

— Quoi?

Je bougeai rapidement, l'attrapant et nous faisant tourner. Elle gloussa et mon cœur se serra.

— Hé! J'étais occupée, protesta-t-elle.

— Je sais. Mais je veux jouir en toi.

Elle sourit et pencha la tête, passant sa langue le long de mon cou et me mettant de petits coups de dents. Ses jambes s'enroulaient autour de mes hanches et ses plis humides et chauds m'appelaient. À la dernière seconde, je me souvins que j'avais besoin d'un préservatif.

— Merde, marmonnai-je, sans la lâcher alors que je roulais un peu sur le lit, tendant le bras vers mon jean, que j'avais jeté au sol la nuit dernière.

Après une recherche peu gracieuse, alors que

Harlow me provoquait, je réussis à enfiler une capote. Puis je plongeai en elle.

Je restai immobile un instant, savourant la sensation de son canal qui se resserrait autour de moi, et mon cœur battait la chamade dans ma poitrine, alors qu'une intimité qui ne m'était pas habituelle nous enveloppait. Je n'avais pas envie d'y réfléchir. Je voulais juste me perdre en Harlow.

Elle m'avait déjà bien excité, j'étais au bout de ma retenue dès le moment où j'avais plongé en elle. Mon orgasme se préparait à la base de ma colonne vertébrale après simplement deux coups de hanche. Je n'étais pas du genre à aller trop vite. Mais, là encore, Harlow effaçait tout ce qui avait été vrai pour moi auparavant. Nos parties de jambes en l'air étaient chaudes, rapides et cochonnes. Même quand je savourais chaque instant, ce n'était qu'un flou de folie.

Je me forçai à reculer plus lentement, pour voir si elle était aussi proche de la fin que moi.

— Max, non, gémit-elle.

— Quoi? contrai-je en plongeant en elle, m'agrippant à ma retenue.

— Ne me fais pas attendre, gémit-elle quand je plongeai à nouveau.

— Regarde-moi.

J'avais besoin de la voir s'effondrer dans les profondeurs du plaisir. Elle se força à ouvrir les yeux, les paupières lourdes. J'avais dû enlacer ses doigts avec les miens sans m'en rendre compte. Je m'accrochai à elle, comme à une bouée de sauvetage. En passant une main entre nous, j'appuyai sur son clitoris trempé. Ses hanches s'écrasèrent contre moi et ses parois se resserrèrent, vibrant et pulsant alors qu'elle hurlait de plaisir.

Je me lâchai enfin, mon orgasme me traversant comme une onde de choc. En tremblant, je m'effondrai sur elle, nous faisant rouler pour ne pas l'écraser. J'étais encore enfoui en elle et je ne voulais pas bouger. Je n'aurais pas dû avoir autant besoin d'elle, pas après la nuit dernière. Mais je commençais à me demander si mon besoin de la retrouver s'éteindrait un jour.

Le son de nos respirations se ralentit alors que je passais mes doigts dans ses cheveux. En se redressant sur ses coudes, elle posa son menton sur sa main. Alors qu'elle me regardait silencieusement, je me demandai à quoi elle pouvait bien penser.

— Tu restes combien de temps à Anchorage? demanda-t-elle.

— Un mois, on dirait.

— Tu restes ici à Noël?

— S'il le faut. J'irai peut-être voir ma famille, mais je reviendrai. Habituellement, il y a beaucoup de problèmes techniques à gérer pendant un changement de direction pour une compagnie.

Dans un élan de folie, je considérai l'idée de lui proposer de venir voir ma famille avec moi. Savoir qu'elle n'avait plus de liens avec son père me rendait triste, et je n'aimais pas l'idée de penser qu'elle passait peut-être Noël seule.

Voilà à quel point j'étais fou de Harlow. Je m'attendais à ce que mon esprit rationnel entre en jeu à un moment. Je l'attendais, en demandant presque son avis. Mais ma voix de la raison, celle qui m'avait toujours poussé à choisir la distance quand il s'agissait de relations sexuelles et romantiques, et qui m'avait guidé à les ranger dans une boite séparée du reste de ma vie, était étrangement silencieuse.

Et étonnamment, ça m'allait.

Chapitre Dix-Sept

MAX

Après avoir rompu notre embrassade et nous être douchés pour la seconde fois – douche pendant laquelle je dus me retenir de la prendre à nouveau – on s'habilla pour aller petit-déjeuner ensemble. Avec ses cheveux brun foncé qui étaient humides après cette douche et ses yeux qui brillaient, Harlow avait l'air jeune et naïve, bien trop pure pour moi. Elle repoussa le menu tendu par la serveuse en disant qu'elle voulait le buffet.

Une fois qu'on se trouva installés, elle me regarda de l'autre côté de la table, les joues légèrement rosies.

— J'aime bien manger, murmura-t-elle, en désignant son assiette.

Pendant un instant, je fus confus puis je réalisai qu'elle faisait référence à la pile montée sur son assiette. Puisque j'avais encore plus de nourriture qu'elle sur la mienne, il était clair que nous étions d'accord sur ce sujet.

— Je crois que c'est moi qui gagne, contrai-je.

Je décidai de ne pas insister sur le fait que je me fichais complètement de ce qu'elle mangeait et que je préférais vraiment une femme avec des courbes. Alors que l'on se plongeait dans notre repas en sirotant un café, je regardai par la fenêtre. Il neigeait de plus en plus fort.

— Combien de temps tu restes à Anchorage? demandai-je entre deux bouchées.

— Eh bien, j'étais censée rentrer hier, mais il s'est fait tard. Je vais sans doute rentrer dans pas longtemps.

Je n'aimais pas cette réponse. En regardant par la fenêtre puis vers elle à nouveau, je dis :

— Je ne pense pas que ce soit la bonne journée pour faire la route.

Harlow haussa les épaules.

— C'est l'Alaska. Il y a plus souvent des jours où la météo est comme ça pendant l'hiver que des jours où c'est calme. Ça va aller.

Même si je sentais qu'elle n'appréciait pas ma remarque, je me sentais têtu et je ne voulais pas savoir pourquoi.

— Harlow, pour moi s'il te plait, ne conduis pas là-dessous.

Elle était en train de lever sa fourchette vers sa bouche et s'arrêta à mi-chemin.

— Tu es sérieusement en train de me demander de ne pas conduire?

Elle avait l'air choquée, et elle avait parfaitement raison de l'être. D'habitude, je n'étais pas le genre d'homme qui partageait ses opinions sur les plans de conduite d'une femme. Mais, à l'instant, j'étais bien trop inquiet à l'idée que Harlow rentre chez elle avec cette météo.

Je soutins son regard et acquiesçai avant de prendre une gorgée de mon café et une bouchée de pancakes. Elle finit sa bouchée et prit une gorgée dans sa tasse, prenant un moment pour regarder par la fenêtre. La neige tombait à un rythme régulier, recouvrant le paysage. Il n'y avait pas vraiment de ciel, simplement un fond gris sur un paysage blanc.

Ses yeux marron revinrent à moi, plissés.

— Max, ça ira.

Son ton était d'acier et clair. Je ne réfléchis même pas à ce que je dis ensuite, les mots m'échappèrent simplement.

— Très bien, dans ce cas laisse-moi conduire.

Chapitre Dix-Huit

HARLOW

— Quoi?!

Le regard de Max ne bougea pas.

— Si tu insistes pour rentrer avec cette météo, je ne veux pas que tu partes seule.

En prenant une longue respiration pour me calmer, je me forçai à compter jusqu'à dix et à prendre une gorgée de café.

— Je peux conduire avec ce temps, Max. Je vis ici depuis un an. Cette météo…

Je m'arrêtai pour désigner la neige qui tombait dehors.

— … c'est ce à quoi ressemble l'Alaska en hiver.

— Je ne disais pas que tu ne pouvais pas t'en sortir. Mais ça tombe de plus en plus vite et la route n'est pas courte.

Je pris une autre gorgée de mon café, honnêtement surprise par sa suggestion et à quel point elle était ridicule. Je n'avais aucune idée de comment répondre. Ce qui m'énervait le plus, c'était que l'idée qu'il rentre à la maison avec moi me plaisait. Ça m'énervait au plus haut point qu'il pense que je ne sois pas capable de faire la route et j'étais très reconnaissante du fait qu'il veuille s'occuper de moi. Une sacrée contradiction.

Je levai les yeux au ciel et pris une bouchée de mes œufs.

— C'est ridicule.

Il plissa les yeux en me fixant du regard.

— D'accord, faisons un compromis. Tu conduis, mais je rentre avec toi.

Je ne pus m'empêcher de rire.

— D'accord. Et comment est-ce que tu vas revenir ici? Et puis, n'es-tu pas censé bosser ici?

Max n'hésita même pas.

— Je fais ce que je veux. La compagnie est à moi. J'ai déjà passé quelques jours au bureau, et je peux faire la plupart des choses que j'ai besoin de faire en ligne.

Je pensais tout de même que toute cette histoire était ridicule, mais je haussai les épaules.

— OK, d'accord. Tu peux rentrer avec moi. Vers une petite ville où tu vas sans doute t'ennuyer.

C'était maintenant au tour de Max de rire.

— Je ne vais pas m'ennuyer.

Au regard chaud dans ses yeux, mon corps se tendit et une chaleur trouva sa place en mon centre. Je ne savais pas ce qu'il cherchait à faire ni pourquoi, mais mon corps pensait clairement que c'était une bonne idée.

Quelques heures plus tard, Max montait dans mon petit pickup. Je me souvenais de la dernière fois où j'étais en voiture avec lui, l'après-midi du mariage d'Ivy. Ce désir brûlant était apparu presque instantanément, et le sentiment n'avait jamais disparu. J'imaginais que je devais compter la fois où il m'avait ramenée à mon hôtel après le mariage, mais je ne m'en souvenais pas.

Il neigeait encore, assez fort pour me dire que, si j'avais fait la route seule, j'y aurais peut-être songé à deux fois. Quelque chose que je n'aurais pas admis à Max cependant. J'étais soulagée de ne pas être seule. Ce n'était pas si loin que ça, mais la route vers Willow Brook était principalement constituée d'une grande portion d'autoroute, une fois sortis d'Anchorage.

Je m'attendais un peu à ce que Max fasse des remarques sur la météo. La neige était épaisse et tombait rapidement. Mais il ne dit rien.

Une fois que nous étions dans ma voiture, il me regarda.

— Ça prend combien de temps?

— Quarante-cinq minutes, plus ou moins.

— C'est parti alors.

Après notre petit déjeuner, il avait quitté l'hôtel pour passer dans les bureaux de sa compagnie et s'occuper de quelques affaires. Il était revenu à l'hôtel avec une mallette, un ordinateur portable dans un sac de transport, un petit chariot de dossiers et un sac à dos. Quand j'avais posé des questions sur ses dossiers, il avait expliqué que c'était plus simple de relire les choses sur papier que sur ordinateur quand il s'agissait de comptabilité.

La présence de Max prenait beaucoup d'espace dans mon petit pickup. Je ne savais pas quoi penser du fait qu'il venait avec moi. La première partie de la route se fit dans le silence alors que je quittais le centre d'Anchorage. Une fois sur l'autoroute vers l'ouest, vers Willow Brook, Max prit la parole.

— En parlant de petites villes, ça te plait de vivre à Willow Brook?

En gardant les yeux sur la route, je réfléchis à ma réponse.

— Ça me plait. Je n'étais pas sûre au début, pour être honnête. Je ne sais pas ce que tu sais de mon père mais, quand j'étais petite, on vivait surtout dans des hôtels. Il voyageait tout le temps, et il m'emmenait avec lui.

Je jetai un œil vers lui, le trouvant à me regarder, d'un regard indéchiffrable.

— Même si je connais ton père, je ne lui ai jamais parlé de quoi que ce soit de personnel, donc je ne savais pas.

— Je trouve ça agréable de rester au même endroit, je crois. Même si j'avais un peu une base en Caroline du Nord, là d'où vient ma mère, elle est morte quand j'avais six ans. Et dans mon enfance, il n'y avait nulle part d'autre qui me donnait l'impression d'être chez moi. J'aime bien Willow Brook. Il y a pas mal de monde en été, avec les touristes, et c'est assez proche d'Anchorage pour que je prenne une dose de grande ville quand j'en ai besoin.

— Comment est-ce que tu as rencontré Ivy?

— Je l'ai rencontrée à une soirée de collecte de fonds à San Francisco que mon père avait organisée. On s'est bien entendues, et on est restées amies depuis.

Je m'arrêtai en arrivant à un tournant sur l'auto-route, en ralentissant. Même mon petit pickup très fiable se mettait à glisser légèrement. Je n'allais pas dire à Max qu'il avait raison, mais les routes étaient plutôt dangereuses. Même si la neige était magnifique, déposant une couche fraiche sur les arbres et les montagnes au loin, c'était le pire type de neige pour un moment sur l'autoroute. J'appelais ça de la neige « enrhumée », le genre de neige qui trempe tout et est assez lourde pour que l'on glisse dessus comme de la morve sur la route.

Si Max avait une opinion sur les conditions météo, il ne dit rien. Quand j'eus récupéré le contrôle de mes roues, je le regardai. Son visage était tendu, mais il était silencieux.

— Ce n'est pas une météo très sympa, dis-je, décidant que ça ne servait à rien d'être passif-agressif et de faire comme si tout allait bien.

Max gloussa.

— Non, c'est plutôt horrible, mais tu remarques que je n'ai rien dit.

J'explosai de rire.

— Merci pour ça. Alors, parle-moi un peu de ta famille.

Je me disais qu'il valait mieux qu'on papote pour me détendre un peu au niveau de la conduite.

— Mes parents sont toujours ensemble, et heureux, et j'ai une petite sœur, Mariana. Elle voyage beaucoup pour le boulot, elle est journaliste. Mes parents vivent toujours dans ma maison d'enfance, dans l'ouest de la Pennsylvanie. C'est dans les montagnes et c'est magnifique. Je vis en ville maintenant, mais j'ai grandi dans un village. Pas aussi petit que Willow Brook certes, mais je sais ce que ça fait. Je ne suis pas vraiment un gars de la ville.

— Tes parents, ils font quoi dans la vie?

— Mon père tient un garage automobile, juste à côté de la maison, et ma mère est prof.

— Et toi tu es l'ingénieur et investisseur super riche de la famille. Je crois que ce n'est pas ce que j'aurais imaginé.

Max rit à nouveau.

— Sans doute pas. Si mon père avait eu plus d'argent quand il était jeune, ou si quelqu'un l'avait poussé dans une autre direction peut-être, je pense qu'il aurait fait un bien meilleur ingénieur que moi. J'étais un gamin un peu sauvage quand j'étais jeune, mais j'étais doué à l'école et j'ai eu des profs qui m'ont poussé dans la bonne direction. J'ai fini au MIT avec une bourse. C'est là que j'ai rencontré Owen et quelques autres amis. Mes années là-bas ont lancé ma carrière. Je n'avais pas l'intention de devenir un investisseur autant que je le suis maintenant, mais je suis doué avec les chiffres et pour trouver des solutions. Le design me plait toujours, bien sûr, mais ce n'est pas ce que je fais le plus.

Je réfléchis à ces nouveaux détails à propos de Max dans ma tête, me demandant quoi faire de lui. Je l'avais peut-être jugé de façon injuste.

On conduit silencieusement pendant un moment et je ralentis alors qu'on approchait de la route qui nous mènerait à Willow Brook. La météo était assez mauvaise pour réclamer toute mon attention. Si Max avait une opinion, il la garda pour lui-même. Après avoir tourné sur la route parallèle, je ralentis encore, et il parla à nouveau.

— La prochaine fois que la météo est comme ça, on ne prend pas la route.

De quoi?

Un éclair de colère monta en moi.

— Écoute, commençai-je à dire, les mains serrées sur le volant et sans jamais quitter les yeux de la route. On s'en sort très bien. On y est presque. Depuis quand tu as le droit de décider si je conduis quand il neige ou non?

— Je dirais la même chose à Owen s'il faisait pareil, me renvoya Max.

On conduit en silence jusqu'à Willow Brook, et j'étais très soulagée d'arriver sur la grand-rue de la ville. Je pris une profonde inspiration, expirant lentement pour essayer de libérer la tension dans mes épaules et mon cou.

— Il faut que je fasse quelques arrêts, commentai-je.

— D'accord.

Ce fut tout ce qu'il répondit.

Chapitre Dix-Neuf

MAX

Même si je sentais que Harlow s'était fait une certaine idée de moi, je n'étais pas vraiment ce qu'elle pensait. Même si j'avais grandi dans une petite ville, dans une famille entre la classe moyenne et ouvrière, c'était un peu de chance, du hasard et beaucoup de boulot qui m'avaient permis d'aller étudier au MIT, ce qui m'avait ouvert des portes vers la vie que j'avais aujourd'hui. Rien de tout cela ne voulait dire que je pensais que tout m'était dû ou que j'étais un homme riche et arrogant.

À part mon enfance en campagne, je ne pouvais pas dire ce qui m'avait poussé à lui suggérer que je rentre avec elle. Je savais seulement que je ne voulais pas qu'elle parte seule et que l'envie de la protéger qui me mouvait prenait le dessus sur le reste de mon cerveau. Il y avait eu quelques moments de stress et de tension pendant le trajet, mais Harlow savait claire-ment gérer sa voiture face à la neige et la glace. J'étais quand même soulagé d'être avec elle.

Tandis qu'elle ralentissait une fois qu'on entra dans Willow Brook, je regardai par la fenêtre. Même s'il neigeait encore à bon rythme, la ville était active. Les lumières des magasins brillaient à travers le gris de cet après-midi. Des lumières de Noël traversaient la neige et éclairaient les lampadaires, les rues et les devantures de magasins. C'était une petite ville mignonne, avec la nature d'Alaska en arrière-plan d'un côté et l'océan au loin de l'autre.

Même avec la chute de neige, je pouvais voir les montagnes régner au loin, les lignes saccadées des sommets s'élevant haut. J'étais venu en Alaska plusieurs fois depuis qu'Owen avait déplacé Off the Grid. Même si je n'avais pas vu tout l'État, j'étais très conscient du fait que la plupart des petites villes ici s'adaptaient aux touristes. Willow Brook ne faisait pas exception, avec ses petits magasins mignons et tous les points de vente mélangés aux restaurants. Tout comme Diamond Creek, où Owen et Ivy vivaient, je m'attendais à ce que ce soit plus calme l'hiver, encore plus ici car il n'y avait pas de station de ski.

Les routes étaient déneigées, bien plus que sur l'autoroute. Je me disais que l'équipe de déblayage de la ville était sans doute très occupée tout au long de l'hiver. Harlow traversa la ville en ligne droite, s'arrêtant devant un bâtiment non loin de la rue principale. L'enseigne annonçait la caserne de Willow Brook, mais était à peine lisible maintenant que la neige l'avait recouverte.

Quand j'avais jeté mon sac à l'arrière, j'avais remarqué que sa voiture était pleine. Dès qu'elle coupa le moteur, elle me regarda.

— Tu peux attendre là ou entrer.

— Je vais te suivre.

J'étais très curieux quand il s'agissait de Harlow. Je savais, clairement, que c'était la caserne où son équipe était stationnée. J'étais curieux de découvrir un peu plus de sa vie. Ça aurait dû me poser question, mais j'avais déjà brisé toutes mes règles quand ça touchait à elle.

Je la suivis, et on entra dans une zone d'accueil, où une femme avec de folles bouclettes brunes et de grands yeux marron nous sourit dès qu'elle leva la tête.

— Harlow! Tu es revenue. Ward disait justement qu'il se demandait si tu avais le nouveau moteur avec toi.

— Bien sûr que je l'ai, répondit Harlow alors qu'elle traversait la pièce.

Elle portait un jean et des bottes de randonnée, ainsi qu'un chemisier bleu. Bien sûr, ce que j'avais remarqué ce matin était le fait que son chemisier était boutonné juste assez haut pour me donner envie de passer ma langue dans le creux de ses seins.

Je n'avais jamais été aussi attentif à ce que portait une femme. J'étais presque certain que Harlow pourrait s'habiller d'un vrai sac à patates et que je trouverais ça quand même sexy. Elle était vraiment délicieuse. Ses cheveux noir brillant étaient relevés en queue de cheval, se balançant entre ses épaules.

Elle s'arrêta au comptoir qui encadrait cette femme et y posa les coudes.

— Est-ce que Ward est occupé?

La femme hocha la tête avant de me lancer un regard plein de curiosité. Elle ne se gêna pas.

— Qui êtes-vous? Je suis Maisie.

Avec ses joues rondes, ses grands yeux et ses taches de rousseurs, elle était tellement adorable que je ne pus m'empêcher de lui retourner son sourire.

— Je suis Max, répondis-je en tendant la main par-dessus le comptoir.

Elle sembla surprise mais me serra la main avec entrain.

— Si tu es un ami de Harlow, tu es un ami à moi. Je ne savais pas que tu amenais de la compagnie, dit Maisie en se retournant vers Harlow.

Je sentis le regard de Harlow sur moi et je me tournai vers elle pour lui faire un clin d'œil. J'avais envie de l'embêter, je ne savais pas pourquoi. Son regard café s'assombrit légèrement alors que ses joues rougissaient profondément.

Maisie ouvrit la bouche pour dire quelque chose d'autre quand la porte sur le côté de l'accueil s'ouvrit. Un homme grand arriva, un regard vert passant de Harlow à Maisie. En passant derrière le bureau d'accueil, il se pencha et embrassa Maisie.

Quand il se redressa, les joues de Maisie avaient tourné au rouge, et elle leva les yeux au ciel en le repoussant.

— Bon sang! Je travaille.

L'homme me regarda.

— Beck Steele, dit-il avec un clin d'œil vers Maisie et un sourire malin.

— Max Channing, répondis-je.

Je sentis qu'il me jaugeait. J'étais simplement soulagé de voir que cet homme était clairement avec Maisie. Aussi ridicule que ça ait pu paraitre, le simple fait de voir un autre homme s'approcher de Harlow réveillait un éclair de possessivité en moi. À un moment, je reprendrais mes esprits, mais ce n'était pas aujourd'hui.

— Max est un ami, ajouta Harlow.

Oh, le mot ami allait m'agacer. Non pas que je connaisse ma place dans la vie de Harlow, mais « ami » ne semblait pas être une explication satisfaisante. Dans tous les cas, je savais que préciser ça en public était la meilleure façon de la mettre en rogne.

Il était vraiment temps que je me demande ce à

quoi je pensais. Mais mon bon sens avait quitté les lieux, semblait-il. Ma queue menait la barque, et elle me disait que Harlow était bien plus qu'une amie.

— Tu as besoin d'aide pour rentrer le moteur jusqu'ici? demanda Beck en regardant Harlow.

— Ah bah je vais pas le porter toute seule, c'est sûr, répondit Harlow avec un sourire malin.

— Fais le tour avec la voiture, répondit Beck.

— Je peux garer la voiture derrière la caserne, dis-je, sans même réfléchir à si Harlow serait d'accord.

Elle haussa légèrement les sourcils, mais me surprit en me tendant simplement les clés. Quelques minutes plus tard, je garais sa voiture à l'arrière de la caserne, où je la trouvai entourée de Beck et d'autres hommes, alors que la porte du garage s'ouvrait.

N.B. : Je n'avais pas réfléchi au fait que son boulot de pompier voulait dire qu'elle passait sa journée avec un tas d'homme musclés. Je n'étais vraiment pas sûr d'apprécier l'idée.

Mec, du calme. Depuis quand tu es jaloux?

Depuis que Harlow est à moi. Ma réponse mentale fut rapide.

Pour être honnête, je savais qu'une partie de ce qui me poussait vers Harlow était le désir sexuel, mais il y avait autre chose, de plus profond, qui allait de pair avec, et je n'étais pas encore prêt à l'admettre.

En me disant que c'était la chose logique à faire, et en sachant que mon père m'aurait botté les fesses au garage si je ne l'avais pas fait comme ça, je rentrai le pickup en marche arrière dans la caserne, en baissant les fenêtres pour savoir jusqu'où ils voulaient que j'aille. Je reconnus la voix de Beck quand il me répondit et suivis ses signes de mains dans le rétroviseur, m'arrêtant quand il me l'indiqua.

Harlow avait déjà ouvert l'arrière du pickup et

désignait ce que je supposais être le bloc moteur. Ce n'était pas surprenant qu'elle n'ait pas glissé plus que ça sur les routes enneigées avec ce poids à l'arrière. À grandir avec un garagiste, je me doutais bien du poids d'un moteur.

Beck s'était avancé, ainsi qu'un autre homme aux cheveux noirs et aux yeux argentés. Son regard passa sur moi.

— Ward, dit-il, en hochant simplement la tête.

— Max. Vous avez besoin d'aide?

— Carrément, on n'est que trois et ce truc pèse une tonne, dit Beck avec un sourire amusé.

Un autre homme qui s'approchait passa dans mon champ de vision.

— Moi c'est Jesse, au fait.

— Max, répétai-je.

— Je peux aider, dit Harlow, en s'approchant de l'arrière du pickup.

Le regard de Ward passa alternativement d'elle à moi.

— Ne le prends pas mal, Harlow. Je sais que tu sais te défendre face à un feu aussi bien que n'importe lequel d'entre nous, mais là c'est de la force brute. Max est plus fort.

Harlow leva les yeux au ciel, mais elle n'insista pas et recula. Alors que Beck et Jesse soulevaient un côté et que Ward et moi nous tenions en face, on bougea le moteur doucement pour le sortir de la voiture et le poser sur une table de travail à gros engins juste à côté.

— Merci mec, ajouta Ward, alors qu'on se reculait tous.

Ward regarda Harlow.

— Et merci d'être allé le chercher. On en a besoin pour l'un des vieux camions de déblayage. Changement de plan, au fait. Tu n'es pas de garde pour le reste de la semaine.

— Oh, pourquoi? demanda Harlow rapidement.

— On a changé l'emploi du temps parce que j'ai besoin de jours de congés, pour mes vacances, donc l'équipe de Beck prend le relais. Profite. On dirait que tu as de la compagnie dans tous les cas.

Je ne savais pas pourquoi, mais il était clair que ça embêtait Harlow. Elle ne dit rien, cependant, et se contenta de hausser les épaules.

— D'accord.

— Qu'est-ce qui t'amène dans le coin? demanda Jesse simplement.

— C'est un ami de Harlow, expliqua Beck.

Je connaissais Beck depuis pas plus de cinq minutes au mieux, mais même moi je pouvais entendre le ton chargé de sous-entendus et voir l'éclat amusé dans ses yeux. C'était sans doute un homme perspicace et il avait remarqué l'électricité qui volait entre Harlow et moi.

— Vous devriez vous joindre à nous ce soir, ajouta Jesse.

— Vous faites quoi? demanda Harlow, en tournant les yeux vers lui.

— On va diner au Wildlands. C'est l'anniversaire d'Em demain, ça lui ferait super plaisir que tu sois là, expliqua-t-il.

Que Harlow ait eu envie d'y aller ou non, je sentais bien qu'elle se sentait coincée. Elle acquiesça tout de même, ce qui me surprit un peu.

— Bien sûr que je serai là pour l'anniversaire d'Em. À quelle heure?

— Dix-huit heures.

Harlow hocha la tête et se retourna pour monter dans sa voiture, puis s'arrêta un instant alors qu'elle fouillait sa poche. En se tournant vers moi, elle tendit la main et je lui lançai les clés.

— À plus tard les gars, lança-t-elle par-dessus son épaule.

— Ravi d'avoir fait votre connaissance. À plus tard on dirait, dis-je en jetant un regard au groupe.

Beck me fit un clin d'œil, Ward hocha la tête et Jesse sourit. Je manquai d'exploser de rire. Même si mon envie de marquer mon territoire vibrait sous ma peau, je n'avais pas l'impression que l'un de ces mecs s'était entiché de Harlow. Je n'avais pas envie de contempler le fait que c'était complètement fou que je me retrouve à penser comme ça. Un seul mot me venait à l'esprit quand je pensais à Harlow.

Mienne.

Chapitre Vingt

HARLOW

Quand je garai la voiture devant chez moi, je ressentis un éclair d'inquiétude. Je le repoussai, en me rappelant que, même si Max avait de l'argent maintenant, je savais qu'il n'avait pas grandi riche. Son enfance avait clairement été plus humble que la mienne. Je n'avais pas besoin de me demander ce qu'il allait penser de ma petite maison ici à Willow Brook.

La neige montait haut sur les marches du porche et je vis Max lancer un regard curieux vers le jardin. La météo s'était calmée et la neige tombait plus lentement, ce qui suffisait à dévoiler le jardin au loin. Le chalet que je louais à Susannah était une petite cabane en A. Il était assez récent, avec une devanture violette et un toit vert éclatant, qui se démarquait dans le paysage enneigé. La maison était installée dans une petite clairière entourée d'épicéas, de bouleaux et de peupliers éparpillés dans le champ alors qu'ils se resserraient plus loin derrière la maison.

Du devant du chalet, les montages étaient visibles au loin, les sommets s'élevant haut au-dessus de la forêt. Le regard de Max fit son chemin vers moi.

— Je vais aider à déblayer, dit-il.

Je ne savais pas ce que j'espérais qu'il dise, mais ce n'était pas ça. Un rire surpris m'échappa.

— Pas besoin.

Il ouvrit sa porte, en sortant rapidement. Je fis de même et entendis sa réponse.

— Je ne vais pas rester à te regarder faire, lança-t-il par-dessus son épaule.

En attrapant nos sacs à l'arrière de la voiture, Max s'avança avec moi vers la maison. Le son de nos pas était étouffé par la neige alors que l'on montait sur le porche. Depuis que j'étais partie hier, un bon vingt centimètres de neige était tombé. En passant à travers la porte latérale vers la cuisine, je frappai mes bottes pour me débarrasser de la neige et jetai mon sac au sol, pendant que Max fit de même. J'attrapai une paire de gants dans un petit panier sur le meuble le plus proche de la porte, en décidant de m'occuper de déblayer les marches immédiatement.

Juste quand je me dis que Max ne pourrait pas m'aider car il n'avait sans doute pas de gants, il plongea la main dans son sac et en ressortit avec une paire, et un bonnet en même temps.

Quand il me vit le regarder, il me fit un clin d'œil.

— Tu sais, ce n'est pas la première fois que je viens en Alaska. En plus, j'ai l'intention d'aller skier.

En enfilant ses gants, il me suivit vers la porte. Je lui tendis une pelle et il se mit au travail. Après quelques minutes, il avait déblayé les marches et la terrasse avant alors que je m'étais occupée du chemin qui menait au parking. J'avais un déblayeur professionnel qui viendrait sans doute s'occuper de l'allée dans la soirée. Heureusement, mon pickup pouvait gérer la neige qui était déjà tombée pour l'instant.

Une fois rentrés dans la maison, je lui fis une visite rapide.

— Je loue le chalet, expliquai-je en désignant tout le rez-de-chaussée d'un mouvement de bras.

Quand je commençai à monter les marches, Max attrapa nos sacs sans même me demander.

Je ne savais pas quoi penser de tout cela. J'avais l'impression de vivre hors du temps. De tous les hommes avec qui j'aurais pensé passer du temps à Willow Brook, Max Channing était sans aucun doute le dernier de la liste.

Non pas qu'il y ait de liste pour être honnête. Je ne savais vraiment pas quoi penser de sa présence ici. C'était comme si tout dans notre histoire me faisait l'effet d'un rocher qui dégringolait le long d'une colline. Je ne savais pas où nous allions rebondir, ou ce qui allait se passer. L'élan que nous prenions nous poussait de plus en plus en avant.

Je lui montrai la chambre d'amis et la salle de bains avant de me diriger vers ma chambre. En passant la porte, je jetai un œil autour de moi. Je n'avais pas beaucoup décoré les murs. Je n'avais jamais vraiment eu de chambre à moi quand j'étais enfant. J'avais laissé les quelques photos que Susannah avait accrochées au mur, des paysages du coin, et j'avais accroché un tableau aquarelle de ma mère. Elle adorait peindre.

Un grand lit double était couvert d'une haute pile d'oreillers, une commode assortie en bois clair et deux tables de cheveux ornaient la pièce. Il n'y avait pas grand-chose d'autre dans la chambre. Max posa nos sacs devant la commode. Je sentis une vague de doute. Il était tellement assuré, certain de tout, et je ne savais pas quoi en penser. Alors que mon anxiété me menait par le bout du nez, je me retournai et descendis rapidement les marches.

— Tu veux boire quelque chose avant de retourner en ville? demandai-je par-dessus mon épaule.

Max ne répondit pas avant que l'on se retrouve tous les deux dans la cuisine et que j'ouvre la porte du réfrigérateur.

— J'ai l'impression qu'on va devoir partir bientôt, commenta-t-il.

— Tu vas me dire qu'on ne devrait pas prendre la route avec cette météo? me moquai-je.

Sa bouche se tordit en un sourire, mon ventre s'emplit de papillons. Avec un haussement d'épaules, il secoua la tête.

— Non. Ce n'est pas loin. C'est qui Em, au fait?

— Oh, c'est Emily. C'est la fille de Charlie, et Charlie est la fiancée de Jesse. Em bosse à la caserne, donc on la connait tous. Elle a quinze ans, mais bientôt trente. C'est une môme sympa, et plutôt rigolote. J'espère que ça ne te dérange pas, j'ai envie d'y aller.

— Oh non, bien sûr que ça ne me dérange pas. C'est clairement important pour toi. En plus, ce n'est pas comme si tu t'attendais à ce que je sois là.

Son regard était pénétrant alors qu'il me scrutait. Je me sentais anxieuse à nouveau. Je ne savais pas vraiment comment gérer cette situation. Sans parler du fait que je ne savais pas vraiment dans quelle situation nous étions.

— Qu'est-ce qu'on fait, Max? lâchai-je.

Au moment où ma question m'échappa, j'eus envie de la reprendre. Parfois, des pensées peuvent bouillir dans votre tête et s'en échapper sans que vous leur en donniez la permission. Ses yeux caressèrent mon visage, je ne savais pas comment interpréter son expression.

—Je suis là parce que je n'aimais pas penser que tu

allais conduire seule avec un temps pareil. Mais je ne pense pas que ce soit ce que tu demandes. N'est-ce pas?

Mon cœur battait la chamade. Je n'avais pas été en couple ou quoi que ce soit qui y ressemblait, de près ou de loin, depuis trop longtemps. Je ne savais pas comment décrire cette situation.

Max était bien trop beau pour moi. Je ne savais pas comment gérer l'attirance insatiable que je ressentais pour lui. Je m'étais fortifiée et protégée du monde de façon très efficace, j'étais prête à toute éventualité tant qu'il s'agissait d'avoir des attentes au ras des pâquerettes. Dans cette situation, ça s'appliquait à la nuit sans lendemain que Max et moi avions passée ensemble un an plus tôt. Mais le fait de l'avoir chez moi était bien trop confus pour mon cerveau. Je rassemblai mon courage et pris une grande inspiration, me redressant.

— Qu'est-ce que tu voulais dire quand tu as dit que tu voulais voir où ça pouvait nous mener?

Il resta silencieux, ses yeux ne quittèrent jamais les miens. Max n'était pas quelqu'un qui fuyait le contact visuel. C'était assez déconcertant de sentir son regard intense focalisé sur ma personne.

Il finit par rire doucement, comme pour lui-même.

— Je ne suis pas complètement certain. Je sais juste que...

Il s'arrêta et finit par décoller son coude, qu'il avait installé sur l'ilot de la cuisine, pour se rapprocher de moi. Je me tenais devant le réfrigérateur avec une main sur la poignée, comme si elle pouvait me soutenir. J'avais besoin d'aide pour tenir bon, et le frigo valait tout autant que n'importe quelle autre métaphore de soutien.

Max s'arrêta juste devant moi. Sans hésiter une

seule seconde, il posa ses mains sur ma taille. Une seconde plus tard, il m'avait fait tourner et installait mes hanches sur l'ilot central, derrière nous.

— J'ai remarqué que tu t'inquiétais beaucoup, dit-il, le velours cru de sa voix caressant ma peau et me faisant frissonner.

Il s'installa entre mes genoux, puis passa ses mains sur mes hanches, les serrant légèrement.

— Peut-être, répondis-je, sans savoir où il voulait en venir.

— Quand j'ai dit qu'on devrait peut-être voir où ça nous mène, je voulais dire qu'on s'enflammait l'un l'autre. Ça n'arrive pas très souvent ce genre de connexions. Je suis assez fier de dire que je ne suis pas bête ou naïf. Je crois que je serais ces deux choses si j'ignorais notre connexion, dit-il platement.

Alors que nous n'étions qu'à quelques centimètres l'un de l'autre, il me rapprocha encore un peu du bord du comptoir. Je sentais sa longueur dure et chaude s'appuyer contre mon centre. En un éclair, j'étais affamée encore une fois. Ça ne pouvait pas être aussi ridicule. J'avais couché avec lui plus de fois sur ces dernières 24 heures qu'avec qui que ce soit d'autre en deux ans, à part pour cette autre nuit avec Max. Je me demandai si j'avais peut-être oublié que le sexe pouvait être génial.

Ha! En voilà une idée bête. Max est le meilleur coup de ta vie. Sans aucun doute.

Il était rare que je sois entièrement certaine de quelque chose, mais je n'avais pas besoin de me perdre dans un débat interne sur ce sujet. Je savais que ce que je partageais avec Max était aussi rare que de se faire frapper par la foudre.

— Dis-moi que tu ne veux pas de moi, lança Max, son regard gelé s'assombrissant alors qu'il passait sa main à l'intérieur de mon chemisier pour attraper l'un de mes seins.

Un petit soupir m'échappa quand il joua avec mon téton, son pouce passant sur la pointe endolorie à travers la soie de mon soutien-gorge. Ma culotte était trempée, et j'avais encore une fois envie de lui. Je savais que ce ne serait pas assez. Je ne savais pas si j'en aurais un jour assez.

Bien que j'avais envie de me dire que je ne devrais pas me laisser aller, le courant de désir qui nous unissait était si fort que je ne pouvais pas m'en échapper. Alors je m'agrippai au peu de contrôle qu'il me restait, et décidai de récolter ce pouvoir plutôt que d'y résister.

En m'avançant un peu plus près, j'enroulai mes jambes autour de ses hanches, passant ma main dans ses cheveux, jusqu'à son cou et le rapprochant pour l'embrasser. Mon sentiment de contrôle ne dura pas longtemps car, quand sa langue trouva la mienne, je disparus. Embrasser Max me faisait l'effet de tomber dans un puits de folie. Mon désir traversa mes veines et un feu prit place sur la surface de ma peau. Nos langues dansaient, et il passa sa main sur ma hanche, attrapant mes fesses et balançant ses hanches vers moi.

Après une lourde caresse de sa langue sur la mienne, il recula, attrapant ma lèvre inférieure entre ses dents. Quand je me reculai, je sentis un manque immédiat. J'étais tombée si loin dans notre baiser que j'en avais la tête qui tournait. C'était comme essayer de marcher après avoir fait trop de tours sur soi-même. Je n'arrivais pas à retrouver l'équilibre.

Puis il me leva contre lui encore une fois et me posa au sol.

— Retire ton pantalon, ordonna-t-il doucement.

Chapitre Vingt-Et-Un

HARLOW

Quand on était dans un moment fougueux et que Max me donnait un ordre, j'obéissais. Je détachai ma braguette, retirai mes bottes et baissai mon jean avant de le jeter sur le côté. Avant que j'aie la chance de le regarder, il me levait encore, et passait ses doigts sur la soie mouillée entre mes cuisses alors qu'il m'asseyait encore sur le comptoir.

— On n'a pas beaucoup de temps, murmura-t-il contre mes lèvres, sa voix si grave qu'elle en était excitante.

J'étais ravagée par le besoin, à bout de souffle et gémissante, alors que mon cœur battait fort.

— Donc je vais te faire jouir, et tu vas me supplier de te remplir. Puis tu vas y penser pendant quelques heures. Et quand on rentrera ici ce soir, peut-être que tu auras autant envie de moi que je n'ai envie de toi.

Oh. Mon. Dieu. Quand Max disait des cochonneries, je rougissais. Mon corps était complètement en feu dès que j'étais proche de lui. De petits éclairs d'électricité me traversaient. Quand il disait ce genre de choses, j'étais perdue dans les vagues du désir, la tête sous l'eau, presque assommée.

— Pas juste, murmurai-je contre ses lèvres alors qu'il se libérait d'un autre baiser de passion.

Il joua avec moi à travers la soie trempée entre mes cuisses, évitant mon clitoris.

— Tu es tellement mouillée. Je suis dur depuis des heures, et je vais le rester pendant quelques heures de plus.

Puis il écarta la soie et enfonça deux doigts au plus profond de moi alors que je hurlais de plaisir, me cambrant vers lui. Il s'avança plus près de moi, faisant des cercles autour de mon clitoris du bout du pouce, alors que j'étais chaude, lisse et couverte de jus. Il pencha son front contre le mien.

— Dis-moi que tu n'as pas envie de tout ça, répéta-t-il, en faisant référence à ce qu'il avait dit plus tôt.

— Je suis presque sûre d'avoir déjà répondu, marmonnai-je alors que ma chatte vibrait sur ses doigts et qu'il les sortait avant de les replonger.

— Pas avec des mots, murmura-t-il, ses doigts faisant toujours des va-et-vient.

Je savais qu'il essayait de me pousser à avouer la vérité. Une vérité contre laquelle je me battais, même si c'était inutile. Quand il retira complètement ses doigts et arrêta de bouger, me narguant à l'entrée de mes plis, j'ouvris les yeux.

— Tu joues avec moi.

Mon plaisir m'enflammait, éclatant partout dans mon corps. Alors que je sentais la chaleur qu'il dégageait, coincé entre mes genoux, il n'y avait rien que je puisse faire. Je n'avais jamais imaginé qu'un homme puisse me faire jouir en un regard, mais, avec Max, c'était peut-être possible. Ses yeux me brûlèrent presque. Mon bas-ventre se serra et ma chatte palpita. Mes cuisses étaient couvertes de mouille.

— J'essaie juste de te faire avouer que tu me veux. Ça.

Il attrapa l'une de mes mains et la plaça sur sa queue. Elle était dure et chaude, étouffée par sa braguette. Je la sentis pulser contre ma main et je mourais d'envie de l'avoir en moi, j'en pleurai presque.

— Je suis sur le point d'exploser, et je vais attendre. Je sais pas trop pourquoi. Je crois juste que ce sera encore meilleur ce soir, après quelques heures de plus. Je te veux plus que je n'aie jamais voulu personne d'autre, Harlow.

Ses mots étaient bruts et honnêtes, et je sentis que Max n'était pas aussi direct d'habitude, pas sur ce genre de sujets. Je ne pouvais pas détourner le regard, une sensation d'excitation me traversait.

— Je ne peux pas te dire que je n'ai pas envie de toi. Parce que je mentirais, dis-je enfin.

Il y avait bien plus à dire mais je n'étais pas prête. Heureusement, il plongea à nouveau ses doigts en moi, et commença à me baiser fort et vite, faisant des va-et-vient alors que son pouce caressait mon clitoris gonflé.

Mon orgasme me traversa si fort que je vis tout blanc. Son nom sortit de ma bouche en un cri rauque. Ses lèvres s'écrasèrent sur les miennes, avalant mes gémissements dans un baiser.

Il se recula lentement alors que mon corps trem-blait et que le plaisir me ravageait. J'en voulais plus, tout comme il l'avait prédit.

On se regarda, une douce sensation florissant en mon centre. Son regard était sombre. En passant sa main entre nous, il prit la main que j'avais encore sur sa queue, alors que je le tenais doucement à travers son jean. Son souffle s'échappa en un sifflement entre ses dents.

— Pas maintenant.

Pas satisfaite, je me cambrai vers lui, passant mon autre main sur sa nuque pour le rapprocher.

— Tu sais que tu me veux. Pourquoi le nier?

Il rit doucement.

— Parce qu'on va être en retard.

Il recula rapidement, se penchant pour attraper mon jean. J'avais envie de débattre, mais je savais aussi qu'il avait raison. En me tortillant sur le comptoir, j'atterris doucement au sol. Je pris mon jean et l'enfilai rapidement. Un instant plus tard, j'avais remis mes bottes et je le regardais.

— Tu veux conduire ou tu veux que je conduise?

— Je vais conduire. Tu as fait assez de route pour la journée.

Je lui jetai les clés, et il me suivit jusqu'à la porte. Après avoir enfilé nos manteaux, on sortit sous la neige qui flottait encore dans l'air. Quelques minutes plus tard, nous retirions la couche blanche de la voiture et nous prenions le chemin de Willow Brook. Je lui indiquai où aller, et il se gara sur le parking arrière du Wildlands. Le Wildlands, un hôtel à pêcheurs et chasseurs populaire, était installé au bord du lac Swan. En plus d'accueillir des touristes dans des chambres de luxe, l'hôtel avait un espace pour des conférences et tenait aussi un restaurant-bar.

Alors qu'on descendait de la voiture, Max se tourna pour regarder le lac qui trônait derrière l'hôtel. Le lac Swan était la pièce maitresse de Willow Brook. Le nom de la ville faisait référence à un ruisseau qui courait de la montagne au lac. Pour mon boulot de pompière forestière, j'avais fait mes recherches sur la géographie d'Alaska, peut-être plus vite que je l'aurais fait sans ce poste.

Le centre de l'Alaska était parsemé de lacs, grands et petits. Le lac Swan était l'un des plus grands de la région, entouré d'hôtels sur trois côtés et de vie sauvage au loin, loin de la ville. L'été, le lac était assailli de touristes, des hydravions y atterrissaient toute la journée, et les gens se baladaient sur les promenades qui entouraient la bordure de l'eau.

Ce soir, alors que la neige tombait dans l'obscurité, le lac était à peine visible et les lumières des hôtels se reflétaient contre les flocons et en définissaient la limite. Max attrapa ma main tandis que l'on s'éloignait de la voiture, désignant le lac.

— J'imagine que ce n'est pas exactement pareil en été. Ça doit être très beau.

— Bien sûr, mais tous les paysages sont beaux ici. Il y a beaucoup plus de monde en été.

En se retournant, il hocha la tête pendant que l'on se dirigeait vers le Wildlands.

— Je suis allé voir Ivy et Owen à Diamond Creek en été. C'est fou. La station de ski est active toute l'année maintenant, mais, même à l'époque, il n'y avait personne en hiver comparé à l'été.

Notre conversation s'interrompit quand on arriva à la porte du bar. Un groupe de gens était en train de partir et Max leur tint la porte, me faisant signe d'entrer avant lui. Une fois dans le couloir qui menait au restaurant et bar, il enroula une nouvelle fois sa main autour de la mienne. Je ne savais pas trop quoi penser de cette démonstration d'affection en public. Non pas que tenir la main de quel-qu'un soit un pas majeur, mais j'étais volontairement céli-bataire depuis deux ans, donc c'était énorme pour moi. Et comme le statut de notre relation n'était pas particulièrement défini, je ne savais pas comment interpréter quoi que ce soit. Alors que mon corps vibrait encore de l'orgasme qu'il m'avait donné avant qu'on parte, je n'étais pas vraiment prête à mettre des mots sur notre relation.

Quand on arriva à l'arrière du bar, Max s'arrêta et me regarda.

— Par là, dis-je en le menant à travers les tables, vers la section restaurant.

L'hôtel était un bâtiment énorme avec une structure en bois lourd et du parquet au sol, des poutres apparentes et des fenêtres tout le long du mur, face au lac. Des tables avec banquettes longeaient les murs, le bar et quelques tables de billard occupaient une moitié de l'espace et le restaurant accueillait de grandes tables rondes de l'autre. Des décorations de Noël ajoutaient une touche festive avec de grands nœuds rouges ici et là et des guirlandes lumineuses aux quatre coins du bar et sur les poutres apparentes.

Em lâcha un cri de joie en me voyant, se levant de table pour venir me prendre dans ses bras. Ce n'est qu'à ce moment-là que Max me lâcha la main. En reculant, je serrai ses épaules avec un sourire.

— Joyeux anniversaire. Quel âge tu as déjà? plaisantai-je.

— Seize ans!

Emily avait commencé à travailler à la caserne dans le cadre de ses travaux d'intérêt général, après avoir fait quelques bêtises au lycée. Elle avait séché les cours et quelqu'un l'avait surprise en train de fumer des cigarettes. Elle avait terminé son travail d'intérêt général à la caserne et Rex Masters, le chef de la police, lui avait proposé un boulot qui consistait surtout à faire ce qu'il y avait à faire. Elle aidait le poste de police et la caserne de pompier, et son nouveau but dans la vie était de devenir pompière forestière.

Ses grands yeux gris passèrent de moi à Max, avec une curiosité évidente.

— Bonjour, je suis Em, dit-elle en lui tendant la main.

Elle gardait ses cheveux presque noirs coupés courts, et se faisait toujours de petites pointes violettes. Elle avait l'air d'une petite fée avec sa peau blanche, ses yeux gris et son corps menu.

J'avais rarement vu Max parler à un enfant, sauf si on comptait les rares fois où je l'avais vu en présence d'enfants de ses amis. Mais les adolescents étaient une autre tasse de thé.

Il ne perdit pas une seconde et lui lança un sourire, tendant la main pour serrer celle d'Em fermement.

— Je suis Max, et apparemment je suis là pour ton anniversaire. J'espère que ça ne te dérange pas que je m'incruste à ta fête.

Em fut ravie de cette réponse, son sourire s'élargissant et ses yeux brillant.

— Bien sûr que non!

Je me préparai à sa prochaine question, qui semblait évidente, mais Max attrapa ma main, sa force chaude m'englobant.

— Oh, donc vous êtes ensemble, dit Em, son regard curieux passant à moi.

J'ouvris la bouche pour réfuter l'information, mais Max m'interrompit.

— Oui. Je connais Harlow depuis un moment. On s'est rencontrés par le biais d'un ami.

Mes joues étaient chaudes, et je levai les yeux au ciel. Je n'avais pas particulièrement envie de laisser Em poser plein de questions. C'était une adolescente curieuse et elle n'était pas timide.

— Em, dis-nous où nous asseoir, dis-je en jetant un œil à la table.

Jesse et Charlie plaisantaient à propos des cadeaux. Beck et Maisie étaient assis à côté d'eux, et Maisie embêtait Amelia à propos de quelque chose. Lucy Phillips et son mari Levi étaient aussi là. Elle jouait sur son téléphone en mangeant quelques frites. Em nous indiqua deux chaises vides entre Lucy et Levi et Maisie et Beck.

Alors qu'on faisait le tour de la table, je me rendis compte du fait que tout le monde était en couple ici. Et apparemment Max et moi l'étions aussi, vu l'annonce publique qu'il venait de faire.

Chapitre Vingt-Deux

MAX

En me reculant dans ma chaise, je passai ma main le long de l'épaule de Harlow, chatouillant la peau douce à l'arrière de son cou. Une chair de poule rencontra mes doigts et j'adorais savoir que mon toucher l'affectait. Ce soir se révélait être un test de retenue. Je ne savais pas à quoi je pensais en me retenant plus tôt dans la soirée. Actuellement, ma queue était dure comme de la pierre, comme ça avait été le cas pour la majorité de la soirée.

Heureusement que la table cachait mon état. Harlow ne faisait rien pour me provoquer, mais il suffisait qu'elle soit à côté de moi pour éveiller violemment mon désir.

Je ne savais pas à quoi m'attendre en venant rejoindre ses amis ici. Mais c'était un groupe détendu, et tous très clairement loyaux les uns aux autres. Ça me fendait un peu le cœur de voir Harlow sur la retenue. Elle semblait presque surprise d'être autant acceptée par le reste du groupe. J'avais de plus en plus d'éléments sur son enfance cependant, donc de moins en moins de questions. Son père ne lui avait jamais permis de se sentir chez elle où que ce soit. En connaissant Howard, je pouvais imaginer qu'il ne s'intéressait qu'au boulot. À trainer sa petite fille, qui venait de perdre sa mère, d'un bout à l'autre du pays, à vivre dans des hôtels, tout cela paraissait froid et presque cruel.

Harlow rit à quelque chose que Maisie venait de dire, en rangeant une mèche de ses cheveux brillants derrière son oreille. Levi, qui s'était présenté plus tôt, commenta :

— Alors, toi et Harlow?

À ce stade de la soirée, j'avais été interrogé plus d'une fois, dans tous les sens. Je savais que ses amis essayaient de s'assurer que je n'étais pas un connard. Je ne savais pas vraiment quoi penser de cela. Mais j'étais celui qui avait poussé à nous montrer en public comme étant en couple. Je n'avais aucune envie d'être vu autrement. Je regardai Levi, croisant son regard bleu sombre.

— Oui, répondis-je simplement.

— C'est une sacrément bonne pompière, répondit-il, en changeant de ton.

— J'imagine.

Si Levi n'était pas aussi clairement amoureux de sa femme – qui était d'ailleurs enceinte – j'aurais peut-être ressenti le besoin de défendre mon territoire. Mais dans l'état, j'avais surtout l'impression de devoir prouver ma valeur en continu à ces hommes. Ils savaient maintenant que j'avais été élevé par un mécanicien et que je pouvais me débrouiller sur la plupart des véhicules. Il y avait un soupçon de murmure disant que, peut-être, être le PDG d'une boite n'était pas un boulot assez dur, mais je laissai passer. Levi avait engagé Owen pour faire les plans de sa maison, ce qui sembla m'apporter des points, surtout quand j'avais expliqué que certains des éléments qu'il avait utilisés étaient issus de plans qu'Owen et moi avions créés quelques années plus tôt.

Levi acquiesça et Lucy lui donna un petit coup de coude. Même s'il était grand, impressionnant et fort, et qu'elle était petite et enceinte, il était assez clair qu'elle donnait les ordres. Levi n'avait pas l'air embêté le moins du monde par sa situation.

— Bon sang, vous l'avez assez questionné pour une seule soirée. Il est là avec Harlow, et ça va, dit Lucy.

Elle croisa mon regard avant de lever les yeux au ciel.

— Levi est un peu ridicule. Tu aurais dû le voir quand sa sœur est tombée amoureuse. C'était il n'y a pas longtemps, et il ne s'en est pas encore vraiment remis. Il n'y a que deux femmes dans les équipes de pompiers ici, donc ils sont tous un peu protecteurs.

Lucy haussa les épaules et rit.

— J'imagine qu'il ne reste plus que Harlow à protéger. Sauf si on compte Em, mais elle est trop jeune.

Em répondit de l'autre bout de la table, la lumière du bar traversant le violet de ses cheveux.

— Je ne suis pas trop jeune. J'ai un copain maintenant.

Jesse la regarda, mais il ne dit rien. Je voyais à son expression qu'il avait une opinion bien tranchée, mais Charlie commenta sur autre chose en changeant rapidement de sujet. Em retourna à l'ouverture de ses derniers cadeaux.

Harlow dit quelque chose, et je la regardai.

— De quoi? J'ai pas entendu.

Elle jeta un œil à sa montre, puis vers la fenêtre à côté de notre table.

— Je me disais juste qu'on devrait y aller avant qu'il

ne se fasse trop tard. Il neige encore, expliqua-t-elle, décrivant ce qu'on savait déjà tous.

Les lumières de l'hôtel illuminaient la neige tombante, qui brillait dans l'obscurité.

— Je croyais que la neige ne ralentissait rien ici? me moquai-je.

Elle rit doucement.

— Habituellement, ça ne change pas mes projets, mais ça ne veut pas dire que j'ai envie de conduire dans la nuit sur des routes gelées.

— Tu veux qu'on y aille tout de suite?

Elle hocha la tête, et c'est là que je réalisai que ses joues étaient rouges. J'espérais qu'elle était aussi excitée que je n'étais dur ce soir. Parce que je savais ce que je voulais faire quand nous arriverions chez elle.

— Allons-y alors, dis-je en reculant ma chaise.

On dit au revoir, et j'attrapai sa main quand on partit. Elle ne me repoussa pas même si je sentis qu'elle était un peu surprise par mon geste. J'aurais dû l'être aussi, mais je ne l'étais pas. Je marquais mon territoire très volontairement, plus pour elle qu'autre chose.

Harlow accepta que je conduise à nouveau, et on rentra sur les routes glacées. Les routes étaient vraiment dangereuses; lisses et verglacées alors que les températures descendaient encore. J'étais soulagé d'avoir assez d'expérience sur les routes de montagnes de Pennsylvanie, datant de ma jeunesse. La Pennsylvanie n'avait rien à voir avec l'Alaska en hiver, mais les montagnes avaient leur dose de neige et les routes étaient étroites.

Quand on arriva chez elle, je remarquai qu'il avait dû neiger bien cinq centimètres de plus depuis que nous étions partis. On aurait sans doute pu déblayer l'entrée encore une fois, mais elle me dit que ça pouvait attendre le matin quand je proposai.

Avec rien d'autre à l'horizon, c'était comme si nous étions seuls au monde dans un chalet enneigé. Je voyais quelques lumières de maisons au loin, à travers les arbres, mais rien de proche. La neige et la campagne créaient vraiment un sentiment d'être isolé.

Une fois dans la maison, on retira tous les deux nos bottes et nos manteaux, qu'on accrocha à côté de la porte. Harlow se dirigea rapidement vers un petit poêle à bois pour faire un feu. Pendant ce temps, j'inspectai les chauffages et allumai quelques lampes.

Elle avança vers moi, alors que les ombres jouaient sur sa peau. N'en faisant qu'à leur tête, mes yeux tombèrent immédiatement vers la vallée qui séparait ses seins. Rien de rapide ne calmerait mon appétit ce soir. J'avais besoin de chaque centimètre de son corps. J'avais besoin de la savourer.

Je n'attendis pas. Au moment où elle fut assez proche, je tendis le bras pour attraper sa main et la rapprocher de moi. Elle se colla à moi avec un petit souffle, les joues rosies.

— Alors, dis-moi Harlow, est-ce que tu en veux plus?

Au moment où j'ouvris la bouche, l'air de la pièce prit vie, lourd d'électricité et d'un désir vibrant. Sa langue sortit pour caresser sa lèvre inférieure. Ses joues étaient tachées de rose et ses yeux étaient sombres.

—J'en veux plus.

Bordel. Cette femme. Elle me surprenait en permanence. Je m'attendais à ce qu'elle soit timide, à ce qu'elle essaie d'éviter de répondre. Mais elle jeta de l'huile sur le feu de mon désir pour elle en étant aussi directe.

—J'ai besoin de te voir en entier, dis-je platement.

Mon ton sortit plus rude que je ne le voulais, mais Harlow avait cet effet sur moi. Elle faisait tout remonter – mes sentiments pour elle étaient tellement primaux, animaux.

Elle lâchant ma main, elle recula. Une minute plus tard, elle était nue, jetant ses vêtements à droite à gauche sur le sol.

Puis elle se tint devant moi, entièrement nue. Je laissai mon regard gourmand la caresser. Sa peau était rougie, ses seins étaient pleins et ronds. Ses tétons étaient pointés, me suppliant presque de les sucer. J'adorais la courbe de son ventre, et l'espace que prenait ses hanches.

Elle était forte et épaisse, la tension de ses muscles était évidente alors qu'elle s'approchait de moi en plissant les yeux.

— Ça ne me parait pas très juste, Max. Tu portes trop de vêtements. Enlève-les.

C'était drôle, mais, quand elle me donnait des ordres, j'obéissais simplement. D'habitude, j'aimais mener la barque, mais Harlow me poussait au bout de mes limites en termes de contrôle. Avec un peu d'aide de sa part, mes vêtements trouvèrent une place au sol, éparpillés dans la pièce avec les siens, puis elle me poussa, me prenant par surprise quand elle me fit avancer jusqu'au canapé.

En posant une main sur sa hanche, ses riches yeux marron me parcoururent. Ma bite brûlait. En un éclair, elle s'agenouilla devant moi, remonta sa paume le long de ma cuisse pour prendre ma queue dans son poing. Elle plongea la tête, enroulant sa langue autour de mon gland, avalant la goutte de liquide pré-séminal qui y trônait.

Ma tête tomba en arrière contre le canapé et, après un grognement brutal, sa bouche chaude et humide m'avala. J'avais besoin de la voir. Je me forçai à ouvrir les yeux, passant une main dans ses cheveux alors qu'elle s'efforçait de me faire perdre la tête. Elle jouait avec moi, du bout de la langue et des lèvres, m'aspirant dans sa bouche encore et encore, en me suçant doucement, ce qui me fit presque exploser.

Cette femme. Elle était comme sortie de mon imagination, de mes rêves les plus fous. Tellement réservée et distante, mais quand elle se lâchait, c'était comme se retrouver au cœur d'un incendie. Je voulus dire quelque chose, la tirer vers le haut et m'enfouir en elle, mais j'étais trop perdu dans cette pipe alors qu'elle me branlait aussi d'une prise douce.

Je m'entendis murmurer son nom, ma main emmêlée dans ses cheveux alors que je tenais bon. La chaleur monta à la base de ma colonne vertébrale avant qu'elle ne me prenne dans sa bouche encore une fois, et mon explosion se déversa en elle. Quand elle recula doucement, passant sa langue sur ses lèvres et sur mon gland, je baissai les yeux pour trouver ses lèvres gonflées et roses. Même si je venais de jouir dans sa bouche, j'étais encore plein d'envie.

J'ouvris la main qui tenait ses cheveux, passant le bout de mes doigts le long de sa mâchoire. Alors que je caressais ses lèvres, elle attrapa mon doigt doucement entre ses dents, un sourire sur le visage.

— Ça t'apprendra à m'avoir provoquée.

— Oh, c'est ça ma punition? Je te provoquerai tous les jours, ma belle. Viens là, murmurai-je, en me décalant légèrement pour la lever vers moi.

Je pense qu'elle supposa que je voulais qu'elle me monte dessus. C'était ce que je voulais, mais seulement pour pouvoir la retourner. Je voulais la savourer, la pousser au bord de la folie, la faire me supplier.

Dès que ses genoux encadrèrent mes cuisses, je

bougeai, nous faisant rouler et me faisant m'allonger sur elle. Son gémissement de surprise me fit plaisir.

— Et voilà qui t'apprendra à me provoquer moi.

J'attrapai ses lèvres pour un baiser, enterrant ma langue dans sa bouche, mourant d'envie de la faire mienne. En libérant mes lèvres, je passai ma langue le long de la peau douce de son cou. J'avais besoin de goûter à ses petits tétons tendus. En changeant mes appuis, je fis mon chemin vers le sud de son corps. Je passai mon pouce sur un téton, et ma langue sur l'autre, m'y agrippant fermement et le suçant, alors qu'elle se cambrait délicieusement vers moi.

Sa main attrapa mes cheveux alors que je changeais de côté. En reculant, je la regardai d'en bas. Elle était à moitié remontée sur un coussin, ses cheveux noirs emmêlés. Le feu dans le poêle à bois éclairait sa peau, créant des ombres un peu partout.

Avec ses yeux noircis, ses lèvres gonflées et sa peau rougie, elle était magnifique, et je manquai de jouir encore rien qu'en la regardant. Je savais qu'elle était mouillée. Je sentais la chaleur humide qui se frottait contre ma queue depuis qu'elle s'était installée sur moi.

— Max, marmonna-t-elle. S'il te plait...

— Oh non, tu vas devoir attendre.

En me penchant en avant, je passai ma langue sur son téton à nouveau et commençai à descendre vers son ventre. J'avais une main sur sa hanche et je sentais sa peau vibrer à mon toucher. En passant mes épaules entre ses genoux, je me reculai pour la regarder. Sa chatte était mouillée, rose et luisante. Je passai un doigt entre ses plis, savourant la cambrure automatique de ses hanches.

— Tu es trempée. Dis-moi, c'était comme ça toute

la soirée? Parce que moi j'ai eu la gaule toute la journée.

Je n'étais pas du genre à dire à une femme qu'elle me faisait cet effet. Mais, là encore, personne à part Harlow ne m'avait déjà fait bander toute une journée. Le fait que je vienne d'exploser dans sa bouche ne changeait rien; j'étais déjà à nouveau dur, m'accrochant à un fil de mon contrôle.

En plongeant un doigt en elle, je me délectai de la sensation de sa chatte qui se resserrait sur moi. Ajoutant un autre doigt, je me penchai en avant pour la goûter. En la baisant doucement avec mes doigts, je caressai son clitoris avec ma langue, dans ses plis, puis m'affairai à lui faire perdre la tête autant qu'elle m'avait rendu fou.

Son orgasme arriva vite, ses mains brutalement accrochées dans mes cheveux alors que ses hanches se balançaient contre moi. Quand je sentis son canal se mettre à pulser sur mes doigts, j'aspirai son clitoris entre mes lèvres, la sentant vibrer alors qu'elle hurlait mon nom.

Ça ne m'avait jamais rien fait qu'une femme crie mon nom. Mais quand il s'agissait de Harlow, j'adorais ça. Je ne voulais pas que ça cesse. Je voulais qu'elle passe d'un orgasme au suivant. En me reculant rapidement, je me plaçai au-dessus d'elle, plaçant ma queue à l'entrée de sa chatte et plongeant en elle d'un grand coup.

Chapitre Vingt-Trois

HARLOW

Alors que je tremblais encore de ma dernière explosion de plaisir, j'étais molle, fondue sous les attentions de Max. Puis il plongea en moi, de toute sa longueur durcie, me remplissant jusqu'à la garde.

Je pus à peine reprendre mon souffle avant qu'il ne commence ses va-et-vient. Le poids de son corps sur le mien était délicieux : dur, fort, comme une ancre. Alors que ses coudes emprisonnaient mes épaules, il écarta mes cheveux humides et emmêlés, collés sur mon visage.

— Harlow, regarde-moi, murmura-t-il, un ordre sensuel que je n'aurais pu refuser.

En me forçant à ouvrir les yeux, je trouvai son regard. Dans la faible lumière du feu, ses yeux bleus étaient sombres et contenaient un regard si intense qu'il me coupa le souffle. Il plongea encore en moi alors que j'enroulais mes jambes sur ses hanches. Il me baisa profondément, et je me perdis dans une tornade de sensations.

Un nouvel orgasme monta en moi, faisant écho au dernier, une cascade de plaisir dans mes veines, alors que je me resserrais chaleureusement autour de son membre à chaque nouveau plongeon. Encore et encore, il me remplit, m'écartant de manière délicieuse. Tout du long, nos regards restèrent ancrés l'un à l'autre, un sentiment d'intimité si profond que je le supportais à peine.

La pression se relâcha, déversant une explosion de plaisir en moi, comme des étincelles chaudes. Max me suivit dans le gouffre, hurlant brutalement mon nom. Il s'écroula sur moi, roulant immédiatement sur le côté pour ne pas m'écraser. J'avais envie de lui dire que je m'en fichais, que j'adorais le sentir sur moi, mais je n'arrivais plus à prononcer de mots.

On resta immobiles, nos peaux humides, nos respirations saccadées dans cette pièce silencieuse. Après un moment, je sentis Max se tendre légèrement. En ouvrant les yeux, je commençai à lui demander ce qui n'allait pas, mais il répondit avant que je ne puisse poser la question.

— J'ai oublié de mettre une capote, dit-il platement, d'un regard sombre et inquiet.

— C'est pas grave, j'ai un stérilet, expliquai-je rapidement.

Non pas que j'en avais vraiment besoin. Je n'avais pas une vie sexuelle très active. Mais avec une grossesse inattendue après avoir raté la prise de ma pilule une seule fois quand j'étais sur le terrain, j'avais décidé qu'il me fallait quelque chose qui ne se retrouverait pas impacté par mon emploi du temps changeant.

Ses yeux explorèrent mon visage, et je sentis ses épaules se lever et s'affaisser avec une grande inspiration. En écartant mes cheveux de mon visage, sa bouche se tordit en un sourire.

— Eh bah, c'est bien. Mais je n'oublie pas ce genre de choses d'habitude. Si ça t'inquiète, sache que je suis sain. C'est la première fois que je le fais sans préservatif depuis que je suis môme. Et au moins, à l'époque, mon excuse c'était que j'étais bête, dit-il avec un rire grave.

— Je suis saine aussi. Non pas que tu me demandais mais, à part avec toi, je n'ai couché avec personne depuis deux ans. J'imagine que ça veut dire qu'on n'est pas obligés de s'embêter avec des préservatifs.

Je n'étais pas certaine de comment interpréter son expression, puis il rit à nouveau.

— Tu me rends complètement fou, Harlow.

Il m'embrassa rapidement et nous fit rouler, réussissant à me prendre dans ses bras tout en se levant du canapé. Sans même me demander, il m'emmena à l'étage, et directement sous la douche.

———

Enveloppée par les bras forts de Max, je ressentis une pointe d'anxiété alors que je m'endormais. J'étais trop à l'aise, c'était trop agréable. Ça ne pouvait pas durer.

Ce qu'avait dit Max, le fait que nous ne pouvions pas ignorer cette attraction puissante, même si c'était vrai, ça restait très vague. Je cherchais souvent une signification là où il n'y en avait pas, car la seule chose dont on parlait c'était l'alchimie qui nous unissait. Ce n'était que du sexe.

Il fallait que je me souvienne de ça. Il fallait que je rappelle à mon cerveau et à mon cœur bien trop optimiste que je ne pouvais rien attendre de plus. Ce moment d'anxiété fut bref, ne serait-ce que parce que j'étais simplement bien trop à l'aise. Je me sentais protégée dans les bras de Max.

C'était comme si j'avais un radiateur personnel. J'avais tendance à avoir froid pendant la nuit, mais j'avais très chaud quand j'étais en boule contre son corps musclé. Je me réveillai au milieu de la nuit, alors que ses mains se baladaient sur mon corps – l'une passant sur la courbe de mon ventre, l'autre attrapant mes seins, son pouce jouant avec mes tétons tendus.

Je ne savais même pas s'il était vraiment éveillé. Son excitation s'écrasait contre mes fesses, et je me cambrai contre lui par réflexe. S'il dormait avant cela, je savais maintenant qu'il était réveillé.

J'avais envie de dire qu'on avait fait l'amour. Mais je ne voulais pas mettre ce mot chargé d'espoir en jeu. Pas encore.

Cependant, ça avait été lent, endormi, extrêmement sensuel quand il avait plongé en moi par derrière, en me gardant dans ses bras. Mon plaisir m'avait brisée en deux, et je m'étais rendormie quelques instants après avoir crié son nom.

Chapitre Vingt-Quatre

HARLOW

Après m'être réveillée tôt le lendemain matin, comme à mon habitude, je quittai les draps à contrecœur. Je n'avais pas envie de m'éloigner de Max, mais ça me paraissait trop intime. J'avais presque l'impression de m'être fait hypnotisée, et de tomber tête la première dans ce désir, tout en tombant lentement amoureuse de lui. Tout en sachant que je me trompais sans aucun doute sur ce que lui ressentait en même temps.

Je réussis à quitter la chambre sur la pointe des pieds, sans le réveiller. Après une douche rapide, j'enfilai un jogging et un coupe-vent de sport et descendis les marches. Je lançai un pot de café et m'avançai vers les fenêtres pour jeter un œil au paysage d'hiver.

Il neigeait encore même si ça avait beaucoup ralenti. Il semblait y avoir une quarantaine de centimètres de neige en plus depuis que nous étions rentrés hier soir. Même si j'étais plutôt pragmatique quand il s'agissait de faire sa vie dans la neige, j'étais prête à parier que même les alaskiens endurcis avaient ralenti un peu ce matin.

La chute de neige s'était calmée juste assez pour

que je puisse voir le soleil commencer à se lever au-dessus des sommets au loin, mais ça prendrait encore une heure avant que la lumière ne prenne le dessus sur l'obscurité. Le ciel était à peine rose, avec une pointe de violet qui se mêlait à la nuit noire. J'avais appris à aimer les levers et couchers de soleil hivernaux. Le temps paraissait presque suspendu.

En regardant l'horloge installée au centre du mur de ma cuisine, je vis qu'il n'était que 7 h du matin, et je me demandai quand Max se lèverait. Je savais qu'Ivy était lève-tôt, et j'avais besoin de conseils amicaux. Je décidai de tenter ma chance et de l'appeler. Si Max se réveillait pendant mon coup de fil, j'aurais le temps de raccrocher.

Une fois le café prêt, je me servis une tasse, ajoutai un peu de lait et appelai ma meilleure amie. Alors que mes pieds étaient enroulés autour du tabouret de bar, contre l'ilot central, j'écoutai le téléphone sonner en espérant qu'elle répondrait.

— Hey! dit Ivy. Qu'est-ce qui te fait appeler si tôt? Non pas que ça me dérange. Je suis levée, et Owen aussi. Je travaille dans la cuisine. Il est en bas parce qu'il voulait utiliser les grands écrans pour bosser sur des designs. Donc soit tu m'appelles parce que c'est pratique, soit parce que tu as besoin de parler.

— Bonjour. Qu'est-ce qui te fait dire ça?

Ivy rit doucement.

— Quand tu es stressée, tu m'appelles le matin. Qu'est-ce qui t'arrive?

Ivy me connaissait trop bien. J'étais soulagée qu'elle ne puisse me voir rougir. Ça ne me dérangeait pas qu'elle lise en moi comme dans un livre ouvert, mais je rougissais presque d'avance de lui dire ce que j'avais à lui dire.

— OK, d'accord. Tu as peut-être raison. J'appelle à propos de Max.

— Qu'est-ce qu'il a Max? Rappelle-moi de te raconter ce que j'ai appris avec mes recherches. Mais toi d'abord.

Je mourais d'envie d'insister pour savoir ce qu'elle avait appris, mais ça ne changerait rien au fait que j'avais vraiment besoin de ses conseils. Je me lançai.

— J'ai croisé Max à Anchorage, après que tu lui as annoncé que j'étais en ville.

Ivy rit.

— En quoi est-ce un problème?

— Ce n'est pas un problème, mais, bah, on a un peu passé la nuit ensemble.

— Un peu?

— La météo était mauvaise, et on était dans le même hôtel.

— OK, vous avez couché ensemble, dit platement Ivy. Et?

— Eh bien, maintenant il est là, et ça fait deux nuits, et il dit plein de choses que j'ai envie d'entendre et c'est vraiment une mauvaise idée. S'il te plait, rappelle-moi que j'ai besoin de ne pas faire une nouvelle bêtise.

Mes mots s'échappèrent en une longue phrase alors que mon anxiété renaissait dans ma poitrine. Je pris une gorgée de café et me forçai à me calmer.

Le soupir d'Ivy traversa le téléphone.

— Oh ma puce, je ne vais pas te dire de ne pas faire de bêtise. Ce n'était pas des bêtises les fois précédentes, et je déteste t'entendre parler de toi-même de cette façon. Je crois que tu devrais laisser une chance à Max.

Ce fut à mon tour de soupirer.

— Euh, d'accord. Tu es à fond pour cette histoire

avec Max. Tout ce que je sais sur lui me dit que c'est une mauvaise idée. Tu n'as qu'à me dire ce que tu as appris.

— J'ai demandé à Owen pourquoi Max n'avait jamais eu de relation sérieuse. C'est rien de très grave. Mais il avait une copine à la fac, et c'était assez sérieux et puis elle l'a largué. Owen dit que Max n'en parle presque jamais, sauf une fois où il était un peu bourré. Apparemment, il s'était plaint du fait que cette femme ne voulait de lui que s'il acceptait un job bien payé pour une grosse compagnie à la sortie du MIT. Je suppose que les choses s'étaient un peu dégradées quand il l'avait présentée à sa famille. Comme je te dis, rien d'horrible, mais assez douloureux pour le rendre un peu sceptique, j'imagine, expliqua Ivy.

Une pointe de colère me traversa. Je me sentais le besoin de protéger Max plus que n'importe qui, et j'étais tellement en colère contre cette femme que je ne connaissais même pas. Quelle idiote. Quoi que je pense de Max, je savais que c'était un gars bien. Mais ça me mettait hors de moi de penser à lui dans sa jeunesse, quand il était sans doute plus naïf — comme nous le sommes tous quand on est plus jeunes — et me dire que quelqu'un d'aussi opportuniste lui avait fait autant de mal.

— Oh, et après elle a essayé de se remettre avec lui quand sa compagnie a commencé à faire de l'argent, ajouta Ivy d'un ton piquant.

Même si Owen et elle gagnaient vraiment bien leurs vies, Ivy n'avait jamais accordé beaucoup d'importance à l'argent. C'était un détail pour Owen aussi. Je n'avais jamais douté du fait que, quoi qu'il leur arrive, ils resteraient ensemble, pour le meilleur et pour le pire, dans la richesse ou la pauvreté, et tout ça.

Mon cœur désirait ce genre d'amour, mais je ne savais pas si c'était à l'horizon pour moi.

— Eh bien, c'est nul, dis-je enfin.

— C'est sûr. C'est pour ça que je pense que Max a juste besoin de la bonne personne. Owen dit que Max n'a jamais posé de questions à propos d'une femme autre que toi. Il pense que la seule raison pour laquelle il a posé des questions est parce que nous sommes amies. S'il te plait, laisse-lui une chance. Je crois que je te demande de te laisser une chance à toi-même, dit-elle.

Si seulement c'était aussi simple.

Chapitre Vingt-Cinq

MAX

Le son étouffé de la voix de Harlow me réveilla et je souris. Les draps étaient froids, me disant qu'elle s'était levée plus tôt que moi. Enfin, c'était évident. Le dernier souvenir que j'avais était de m'être plongé en elle au milieu de la nuit. Je ne savais pas si j'avais initié la chose ou si elle l'avait fait, ou si on s'était provoqués l'un l'autre dans notre sommeil.

En repoussant mes draps, je posai les pieds au sol et me levai. Je fis le tour de la pièce avec mes yeux et trouvai mon sac à côté de la commode. Avant tout, j'avais besoin d'une douche. Alors que je sortais de sa chambre, j'entendis sa voix par-dessus la rambarde de la mezzanine.

— Tu sais ce qu'il s'est passé la dernière fois, Ivy. J'étais détruite. Je ne peux pas me refaire quelque chose comme ça.

Je m'arrêtai, presque collé à la porte. Je n'avais eu aucune intention d'écouter sa conversation, mais je me retrouvai incapable de bouger en retenant ma respiration, en me demandant de qui et de quoi elle parlait et ce qu'elle allait dire ensuite. Il y eut une pause et je supposai qu'Ivy répondait.

— Je sais, mais j'ai un don pour trouver des hommes qui n'ont pas envie d'une connexion émotionnelle, répondit Harlow à ce qu'Ivy avait dit à l'autre bout. Je vais enfin mieux. À part avec Max, je n'ai pas pris de décision bête depuis deux ans.

Ça faisait mal d'entendre qu'elle me considérait comme une décision bête. Je n'aimais pas ça. Pas du tout. Et je n'aimais pas non plus entendre la douleur dans sa voix quand elle parlait de son passé. Je savais que je ne pourrais pas me cacher ici pour toujours, donc j'ouvris la porte en grand, en m'assurant qu'elle touche doucement le mur pour l'alerter de ma présence.

En avançant vers la douche, la seule chose que j'avais en tête c'était de savoir comment je pouvais prouver à Harlow que nous n'étions pas une bêtise. Tous les doutes que j'avais eus par le passé, les hésitations à me jeter dans cette histoire, avaient complètement disparu. Même si notre alchimie était assez puissante pour brûler un immeuble, je savais que c'était bien plus que ça. Je n'arrivais pas à envisager ma vie sans Harlow. Ce n'était pas une option pour moi.

J'imaginais que ce qui m'avait ouvert les yeux était le fait que l'aspect pratique n'était pas un problème pour moi. Elle vivait en Alaska, je vais à San Francisco et nos vies étaient distantes. Mais nos meilleurs amis respectifs étaient ensemble. Je ne savais pas comment les choses se termineraient, mais, soit je viendrais ici, soit elle viendrait à moi. Je me fichais du moyen. Tout ce qui m'importait était Harlow.

Après une douche rapide, et après avoir enfilé un pantalon et un t-shirt, je descendis les marches. Harlow avait terminé son appel avec Ivy, et elle faisait des pancakes. Elle n'avait pas pu se lever bien plus tôt que moi étant donné que ses cheveux n'étaient pas encore secs. En voyant ses longs cheveux noirs tomber sur ses épaules et ses joues roses, j'eus envie de la plier en deux sur le comptoir pour la sauter ici et tout de suite. Mais j'étouffai mon désir. Ce n'était pas une façon de débuter la journée. Je sentis que je pourrais lui faciliter la tâche en lui laissant penser que cette relation n'était rien de plus que du sexe pour moi. Elle pourrait y mettre fin plus facilement.

Elle me regarda avec un sourire, alors qu'une pointe de vulnérabilité brillait dans ses yeux. En faisant le tour du comptoir, je me penchai pour poser mes lèvres sur sa joue pendant qu'elle retournait un pancake.

— Bonjour. Tu n'étais pas obligée de faire des pancakes.

Ses yeux trouvèrent les miens tandis qu'elle coupait le feu.

— Il faut bien qu'on mange, et j'adore cuisiner. Le café est prêt, dit-elle en désignant la cafetière par-dessus son épaule. J'ai beaucoup de déblayage à faire. Tu n'es pas obligé...

Oh, ça non. Ce *je* allait devoir se transformer en *nous* dans ce genre de phrases.

— N'essaie même pas de me dire que je ne suis pas obligé d'aider. J'ai envie d'aider. Quand est-ce que ton allée se fait déblayer? demandai-je en me souvenant qu'elle avait dit hier qu'elle attendait que son gars habituel passe.

— On dirait qu'il est passé dans la nuit, mais la neige ne s'est pas arrêtée. Je suis sûre qu'il repassera aujourd'hui.

— Il neige encore, commentai-je avec un rire en me servant un café et en regardant par la fenêtre.

— Tu prends du lait? demanda-t-elle alors que je prenais une gorgée.

— Non, je préfère le café noir.

En passant de l'autre côté de l'ilot central, je m'installai sur un tabouret pendant qu'elle terminait les pancakes.

Après un délicieux petit déjeuner, une session de déblayage et son gars qui repassa dégager l'allée, Harlow insista sur le fait d'aller en ville pour le déjeuner. Je voulais bien faire tout ce qu'elle voulait. J'avais pris le temps de me connecter en ligne pour répondre à quelques mails de boulot sur des questions d'employeurs, et de tenir Owen au courant de quelques problèmes sur les projets de la nouvelle compagnie.

Ce n'était pas une surprise, mais plusieurs ingénieurs avaient posé leurs démissions et essayaient de récupérer certains des brevets. Avec cette compagnie en particulier, les anciens patrons avaient bien préparé le terrain pour que l'équipe soit le plus à l'aise possible pendant le changement de direction, mais ça n'empêchait pas certains d'être grognons.

Harlow nous conduisit jusqu'en ville, se garant devant ce qui semblait être un petit café avec une enseigne colorée qui disait Firehouse Café. En me regardant, elle me dit :

— C'est l'un de mes endroits préférés ici. C'est l'ancienne caserne de la ville. Et la patronne fait de super sandwichs et un très bon café. Après tout ce déblayage, je meurs de faim.

En la suivant jusqu'au café, j'observai la salle. Ce que je supposais avoir été un garage avait été transformé en zone assise pour le café. Le sol en béton avait été taché de bleu, les anciennes barres de descente avaient été peintes de fleurs colorées, et les cadres de fenêtres étaient roses avec une collection de tableaux

aux murs. Les guirlandes de Noël étaient accrochées aux fenêtres, aux poteaux et même accrochées en forme d'étoiles aux murs. C'était un endroit plutôt joyeux.

Harlow passa sa main autour de mon bras, se tendant quand elle réalisa ce qu'elle venait de faire. Elle commença à se retirer, mais je la rattrapai avec ma main.

— Tu vas faire comme si on n'était pas ensemble ce matin? me moquai-je.

Elle me regarda, un sourire aux coins des lèvres et les joues roses avant que son regard ne se refroidisse rapidement. C'était comme si une ombre était tombée sur son visage. Si nous avions été ailleurs que dans un lieu public, je lui aurais demandé si elle allait bien. Je manquai de l'embrasser, au milieu du restaurant, mais quelqu'un l'appela et elle se retourna.

— Harlow! Ça fait plaisir de te voir, ma belle. Je suis désolée, je n'étais pas là quand tu as déposé les courses hier. Tu as trouvé tout ce dont j'avais besoin, merci beaucoup.

La femme qui parlait sortit de derrière le comptoir. Les tables du café étaient d'un côté de la salle, avec un comptoir et une cuisine ouverte de l'autre. La femme avait des cheveux sombres striés de gris dans une tresse longue. Elle était ronde et chaleureuse, un peu maternelle. Ses yeux marron se posèrent sur moi avec curiosité quand elle s'approcha de nous.

— Pas de problème, dit Harlow.

Elle me regarda.

— Je te présente Max, c'est...

— Le petit ami, dis-je en terminant sa phrase et en tendant ma main vers la femme.

Ses yeux se plissèrent avec son sourire.

— Janet, dit-elle, me serrant rapidement la main.

Son regard passa à Harlow.

— Eh bien, on dirait que tu as tes petits secrets.

Les joues de Harlow rougirent, et elle secoua la tête. Je supposai que si je n'avais pas été là, elle aurait fait comme si de rien n'était. J'avais décidé d'être direct avec elle. Je pensais tout ce que je disais, et j'espérais que ça finirait par transpercer ses défenses. Je ne savais pas toutes les raisons de sa prudence, mais je savais qu'elle se protégeait beaucoup.

— On meurt de faim, annonça Harlow, décidant de ne pas répondre au commentaire de Janet. On a déblayé la nuit dernière et ce matin.

Janet gloussa en nous indiquant une table près de la fenêtre et on se mit en route.

— Oh, je connais ça. Je préfère qu'il neige un peu tout le temps, plutôt que d'avoir une grosse tempête. S'il neigeait plus que ça, j'aurais besoin d'aide pour déblayer ici et à la maison.

Janet nous installa à la table près de la fenêtre avec une vue dégagée sur la rue principale, qui était animée de voitures et de piétons.

— Je sais comment Harlow prend son café, mais qu'est-ce que je peux te servir? demanda Janet.

— Du moment qu'il est fort, le café de la maison, sans lait et sans sucre.

— Ça marche. Jetez un œil au menu, je prendrai votre commande en revenant dans quelques minutes.

Après le retour de Janet avec nos cafés, elle nous parla de plusieurs choses en prenant notre commande.

— Tu sais, Ward a dit qu'un gars qui bossait avec toi dans le Montana avait candidaté ici pour un poste à la caserne. Tu sais qui c'est? Je lui ai dit que si c'était un ancien ami à toi, ça devait être un gars bien, dit Janet en passant alors que je feuilletais le menu, et que Harlow avait déjà commandé.

Je levai les yeux juste à temps pour voir que le visage de Harlow était pâle.

— Tu ne sais pas son nom par hasard?

— Si si, un gars qui s'appelle Cliff.

Si je l'avais trouvée pâle avant ça, elle était maintenant transparente. Ses yeux tremblèrent et ses traits étaient tendus. Janet se tourna un instant, distraite par une question d'une table non loin. Quand elle se retourna, je commandai un burger au saumon et attendit que Janet soit de retour dans la cuisine pour parler.

Je me dis que je voulais rester léger aujourd'hui, mais je ne supportais pas de voir cette douleur dans les yeux de Harlow.

— Ça va?

Chapitre Vingt-Six

MAX

Plus tard ce soir-là, je pris une gorgée de ma bière et regardai Harlow de l'autre côté de l'ilot. Elle était en train d'émincer des oignons pour une poêlée. Elle aimait clairement cuisiner et j'avais enfin décidé de poser la question qui dansait dans mes pensées de temps en temps.

— Alors dis-moi, vu que ton père voyageait beaucoup et t'emmenait avec lui quand t'étais petite, quand est-ce que tu as appris à cuisiner?

Les grands yeux marron de Harlow trouvèrent les miens, emplis d'un éclat de tristesse. Cet air disparut rapidement. Elle leva la planche à découper et utilisa habilement le couteau pour transférer les oignons vers la poêle.

— Avant la mort de ma mère, j'ai passé beaucoup de temps avec elle dans la cuisine. J'étais assez jeune, donc je n'ai pas appris grand-chose, mais elle adorait cuisiner. Plus tard, l'une de mes grands-mères m'a acheté un mini-four avec des plaques de cuisson sur le dessus, quelque chose que je pouvais utiliser dans un hôtel. Elle savait que j'adorais cuisiner, donc elle m'a appris deux ou trois trucs. Puis quand je suis partie à la fac, j'ai dû sauter dans le grand bain. J'ai fait ça un peu en autodidacte, j'imagine. Si je fais construire ma propre maison un jour, la pièce la plus importante sera la cuisine. Je sais comment je veux qu'elle soit montée et tout ça, dit-elle avec un petit rire, les joues rougissantes.

Je détestais entendre à quel point son enfance avait dû être solitaire. Ma propre enfance offrait un sacré contraste. Mes parents mettaient le nez dans tout ce que je faisais, ce qui m'énervait beaucoup quand j'étais adolescent. Ma mère avait insisté pour que j'apprenne à cuisiner parce qu'elle ne voulait pas que son fils devienne l'un de ces hommes qui ne sait pas se faire un repas équilibré, ou qui ne peut pas cuisiner pour quelqu'un qu'il aime. Je ne fais que rapporter ses propos.

J'avais envie de donner à Harlow tout ce dont elle avait toujours rêvé. Ce qui voulait dire qu'il fallait que je trouve une façon de rendre ma vie un peu plus stable. Je ne voyageais pas autant qu'avant, maintenant que ma compagnie était bien établie, mais je voyageais quand même. Je ne savais pas si Harlow était très attachée à vivre quelque part en particulier. Je savais que j'étais déterminé à trouver une solution pour qu'on soit ensemble.

Mon esprit passa à la prochaine chose à faire sur ma liste. Il fallait que je lui dise que je partirais demain pour une journée ou deux, et je ne savais pas vraiment comment elle allait réagir.

— Au fait, je dois aller à Anchorage demain. On a un problème avec du personnel à gérer, et Owen me retrouve là-bas.

Les yeux de Harlow trouvèrent les miens alors

qu'elle réglait la flamme de la gazinière pour ne pas brûler les oignons. Son expression était volontairement neutre, et ça ne me plaisait pas. Même si on n'avait passé que quelques jours ensemble, j'avais rapidement appris qu'elle était très expressive, que son visage était facile à lire quand elle était détendue. Et quand son masque était fermement en place, son visage était neutre comme ça, presque vide. Je voulais secouer son père et tabasser tout homme qui lui avait fait du mal depuis lui.

— D'accord. Ce n'est pas comme si je m'attendais à ce que tu restes, dit-elle enfin en pesant ses mots.

— Je reviendrai dans quelques jours. Tu peux compter là-dessus, dis-je platement.

Harlow me regarda sans cligner des yeux, ses mains s'immobilisant un instant alors qu'elle remuait les oignons, puis elle détourna le regard et reprit son mouvement.

— Max, je n'ai aucune attente.

Oh, ça non. Je n'allais pas laisser cette conversation prendre cette tournure. Je me levai de mon tabouret et fis le tour de l'ilot de cuisine. En passant mes bras autour de sa taille par derrière, je sentais la tension qui vibrait à travers son corps.

— Harlow, je n'avais peut-être pas prévu que ça se passe comme ça, mais je n'ai pas l'intention de partir. Où je suis géographiquement ne change rien entre nous. Anchorage n'est qu'à 45 minutes de route, quand la météo le permet en tout cas. Donc je t'interdis de penser que si je quitte cette maison, c'est la fin de notre histoire.

Je sentais son souffle sursauter. Elle remua à nouveau les oignons et coupa le feu, posant sa spatule sur le comptoir. Elle ne se retourna pas dans mes bras, cependant, elle resta immobile un instant. Quand je l'entendis prendre une inspiration saccadée, je réalisai qu'elle pleurait, ou du moins qu'elle était au bord des larmes.

— Harlow, regarde-moi, murmurai-je dans ses cheveux, mon cœur se serrant si fort que j'en souffrais.

Ses mains s'agrippèrent au bord du plan de travail comme si elle avait besoin de s'accrocher à quelque chose. Ses doigts passèrent au blanc.

— Max, tu ne peux pas faire ça. Je ne peux pas faire ça.

Plutôt que d'essayer d'insister, je posai ma tête dans le creux de son cou et me contentai de la tenir. Elle prit plusieurs inspirations tremblantes, chacune d'entre elles était un nouveau coup de couteau dans mon cœur.

Si on m'avait que je tomberais amoureux de Harlow, ou de n'importe qui, à ce point, je n'aurais même pas réfléchi, j'aurais simplement ri aux éclats. Cette nuit avec elle, un an plus tôt, m'avait terrifié. Je savais maintenant que je n'étais pas prêt à l'époque à faire face aux sentiments que seule Harlow pouvait provoquer chez moi. Elle avait agité des eaux dormantes. Elle me rappelait toutes les choses que je pouvais avoir dans la vie, tout ce que je pensais important il y a bien longtemps.

Maintenant, je savais exactement à quel point elle comptait pour moi, et il fallait que j'oublie tout argument logique ou rationnel qui allait à l'encontre de tout ça. Il n'y avait aucun moyen que j'arrête de me battre pour elle, pour nous, pour cette histoire.

Ça me déchirait dans tous les sens du terme de ressentir même un gramme de la douleur qu'elle portait sur ses épaules. Je ne savais pas tout ce qui se passait dans son cœur. Je n'avais sans doute pas tous les éléments de son passé. Je savais seulement qu'elle avait perdu sa mère quand elle était jeune, qu'elle avait grandi avec un père sans présence émotionnelle qui ne l'avait jamais soutenue.

Je n'arrivais même pas à envisager l'idée de Harlow travaillant avec son père, pas avec les méthodes qu'il employait. Puis, à entendre ce qu'il s'était passé avec Cliff – ou plutôt, avec le gros con, le petit surnom que j'utilisais dans ma tête – je me disais que ça n'avait pu que rouvrir des plaies fraichement laissées par la négligence émotionnelle de son père.

Ces bouts d'information m'aidaient à comprendre pourquoi elle était si prudente, mais j'avançais encore à l'aveugle. À une époque, j'aurais pensé que je pouvais éviter les parties de son histoire qui ne me plaisaient pas. Mais tout avait changé face à la profondeur de mes sentiments pour Harlow. Personne d'autre ne m'avait jamais fait cet effet-là. Harlow m'avait montré qu'on ne pouvait pas savoir ce que c'était d'aimer jusqu'à ce qu'il y ait vraiment quelque chose en jeu.

Il fallait que je fasse tout bien. Je pris comme une victoire le fait que Harlow ne me repousse pas, alors que sa respiration revenait doucement à la normale. Je levai la tête, respirant son odeur. J'avais une main sur sa taille, ma paume étendue sur son ventre. Je sentais chacune de ses inspirations et le doux bruit de son cœur qui résonnait dans tout son corps.

En levant mon autre main, j'écartai ses cheveux de son visage, déposant un baiser sur sa tempe. Au bout d'un moment, je sentis la tension quitter ses muscles, et ses doigts se détendirent sur le plan de travail. Ce ne fut qu'à ce moment-là que je décidai de parler.

— Je n'avais pas prévu tout ça, nous. Si j'avais été

un peu plus courageux l'année dernière, je ne serais pas parti.

Je sentais qu'elle m'écoutait donc je continuai.

— Avant que tu ne t'inquiètes, je n'ai pas menti sur la raison pour laquelle j'avais dû partir l'année dernière. Il y avait une réunion urgente au boulot, et il fallait que j'y sois. Ça m'a simplement donné une solution de facilité. Peut-être que tu ne veux pas encore que je le dise, mais je savais déjà ce soir-là que ce qu'il y avait entre nous était plus que juste du sexe.

Je m'arrêtai, en réfléchissant à mes mots.

— Ce n'est pas que ça. Je le sais, et je sais que tu le sais aussi. Je ne vais pas faire comme si je comprenais tout ce qu'il se passe dans ta tête parce que ce serait faux. Mais je crois que je commence à avoir une idée de pourquoi tu ne penses pas qu'on peut vraiment être ensemble. Ou plutôt, pourquoi tu penses que tu n'en es pas capable.

J'attendis, en essayant de voir comment elle répondrait, avec rien de plus que la sensation de son corps dans mes bras pour juger de sa réaction.

— Je suis là, Harlow. Je ne laisse pas tomber. Je suis certain à 100 % que je ne vais pas nous abandonner.

Harlow tourna enfin dans mes bras. Ses joues étaient trempées de larmes et ses yeux brillaient. Son regard me tua presque, empli d'une vulnérabilité écorchée. Alors que je la regardais, elle ferma les yeux. C'était comme si elle remettait l'armure autour de son cœur.

— Max, tu ne peux pas savoir comment ça va se terminer. Je suis déjà bien trop investie. Tu ne vis même pas ici. C'est... je ne sais pas, c'est un moment hors du temps, hors de ma vraie vie. Ne dis pas...

Une colère me traversa. Je n'étais pas en colère contre Harlow, mais en colère contre tous les évènements et personnes de sa vie qui l'avaient rendue comme ça. C'était comme si elle avait l'impression de ne pas avoir le droit de croire en quelque chose. Quand je secouai rapidement la tête, elle ne termina pas sa phrase.

— Ne me dis pas ça. Je peux gérer ma compagnie de n'importe où. Bon sang, mon meilleur ami est là, à faire exactement la même chose que moi, donc je peux le faire aussi. Je me fiche des détails. On trouvera des solutions.

Je me sentis submergé d'émotions et je penchai la tête car les mots ne suffisaient plus. Je posai mes lèvres sur les siennes et jetai tout ce que j'avais dans un baiser. Je pris son visage dans mes mains, passant ma langue dans sa bouche, gémissant quand sa langue trouva la mienne. Avec un soupir, elle se cambra contre moi et m'embrassa en retour, tout aussi fort.

Elle laissa échapper un petit cri quand je reculai. Une autre larme coula sur sa joue, et je l'essuyai avec mon pouce, sans jamais la quitter des yeux.

Je ne savais pas tout, c'était vrai, mais je savais une chose avec une foi absolue. J'aimais Harlow, et j'allais me battre pour elle.

—Je t'aime, tu sais.

Elle écarquilla les yeux, avec un regard de terreur. Elle secoua rapidement la tête, le souffle saccadé.

— Tu ne peux pas savoir ça, Max. C'est trop tôt.

— Je sais ce que je ressens, et je sais que je suis au bon endroit. Fais-moi confiance, c'est tout.

Dès que ces dernières phrases s'échappèrent de ma bouche, je réalisai que je n'aurais pas pu plus mal choisir mes mots. Elle n'avait pas eu beaucoup de raisons de faire confiance à des hommes dans sa vie.

Elle me surprit en restant immobile, à soutenir mon regard. J'aurais voulu pouvoir entrer dans son esprit et contrer chaque doute. Je retins presque ma respiration, puis elle leva une main, la posant sur mon torse, juste au-dessus de mon cœur.

— Je crois que tu penses au sexe. Et que tu confonds ça avec de l'amour. Va à Anchorage demain.

Chapitre Vingt-Sept

HARLOW

Assise en face de Maisie, je la regardais tenir son fils, Max. C'était un petit garçon mignon, avec les mêmes cheveux noirs bouclés que Maisie. Mon cœur se serra un petit peu, et je détournai les yeux. Sa présence était doublement difficile pour moi, il avait le même nom que Max et son existence me rappelait que mon bébé à moi n'était jamais né.

— J'ai pris dix kilos, annonça Lucy alors qu'elle posait une carte sur la table.

Susannah, assise à 90 degrés de Lucy, rit et secoua la tête.

— Eh bien j'en ai gagné presque vingt quand j'étais enceinte. Donc estime-toi heureuse si tu ne vas pas au-dessus de dix.

Lucy leva les yeux au ciel et prit une gorgée de son eau. Maisie nous accueillait pour la soirée cartes, dans la maison qu'elle partageait avec Beck, et elle m'avait invitée aussi. Beck était de sortie avec les gars. Leur petite fille, Carol, dormait dans son berceau à l'étage. Maisie avait un babyphone au centre de la table. Pour l'instant, nous n'avions rien entendu d'autre qu'une respiration régulière et des gazouillements.

Le petit Max n'avait pas été aussi simple à mettre au lit, même s'il avait l'air sur le point de s'endormir, et qu'il arrivait à peine à garder les yeux ouverts. Et, de mon côté, j'avais du mal à me souvenir de la raison pour laquelle il n'était pas bon que chaque enfant que je vois me donne envie de faire des enfants.

Apparemment, c'était assez normal d'avoir ce sentiment après une fausse couche. Même si ça avait l'air de durer dans le temps dans mon cas. Je pensais que ça m'était passé, mais, ces derniers temps, cette envie d'enfants revenait. Quand j'étais allée à mon rendez-vous de gynéco annuel − toujours sympa − ma docteure m'avait gentiment rappelé que j'arrivais aussi à un âge où mon corps commençait à avoir des attentes.

« Des attentes biologiques » semblait être une façon plutôt étrange et froide d'expliquer mes sautes d'humeurs, mais je faisais avec.

Je supposais qu'elle disait que mon horloge biologique tournait. Je n'avais pas eu envie de poser plus de questions. Je supposais que le fait de passer du temps avec Max était ce qui m'avait déstabilisée, plutôt que les bébés. Il m'était arrivé la même chose l'année dernière après notre aventure idiote d'une nuit. Mon envie d'enfants était passée et l'envie de tomber follement amoureuse et d'être aimée en retour était également passée.

— Ah ça non, je refuse de prendre vingt kilos, répondit Lucy. Je suis aussi énorme qu'une maison.

Susannah haussa les épaules, nonchalante.

— J'avais plutôt l'impression d'être une baleine, moi.

Maisie gloussa et se leva, replaçant un Max presque endormi dans ses bras.

— Je dirais plutôt un ballon de baudruche, quelque chose qu'on peut facilement faire exploser. Si seulement c'était aussi facile que ça d'accoucher.

Amelia posa les coudes sur la table, regardant tout le groupe. J'étais curieuse de savoir pourquoi elle n'avait pas encore d'enfants, mais elle me surprit en annonçant :

— Bon, j'imagine que je peux le dire maintenant.

— De quoi? demanda Ella en attrapant une chips dans le bol posé au milieu de la table.

— Je suis enceinte.

Tout le monde parla en même temps.

— Quoi?!

— Oh mon Dieu, c'est génial!

— Tu le sais depuis quand?

— C'était prévu ou c'était un accident? demanda Lucy avec un sourire malin, mettant fin à cette brève cacophonie.

Amelia leva les yeux au ciel.

— C'était prévu, mais tu le savais déjà, arrête d'être bête.

Lucy haussa les épaules en souriant.

— Et si toi tu prenais les vingt kilos? Moi je reste sur dix. Mais tu es grande, donc ça se verra sans doute à peine.

La conversation flotta autour de moi, le sujet principal était les difficultés de la grossesse. Alors que, de mon côté, je me sentais un peu triste.

Quand je partis un peu plus tard, j'appelai presque Ivy en rentrant, mais je changeai d'avis. Elle était lève-tôt, mais elle n'était pas vraiment une couche-tard. Non pas qu'il soit si tard que ça, mais quand même.

Je conduisais vers chez moi sous une nuit froide et pleine d'étoiles, en me demandant si je pourrais un jour avoir ce que mes nouvelles amies semblaient toutes avoir. Des vies folles et brouillonnes, pleines d'amour.

Tout ce que Max avait dit l'autre jour tournait en boucle dans ma tête. Ça recommençait à l'instant, comme un vinyle rayé. Le diamant griffait le disque et mes pensées dansaient.

Max m'apprenait quelque chose de surprenant, quelque chose que je n'avais pas vu venir. J'avais rêvé d'amour pendant si longtemps. Ce qu'il avait dit l'autre jour − le fait qu'il allait se battre pour nous, le fait qu'il ne s'attendait pas à ressentir ça, et le fait que ça en vaille la peine − s'était enfoui dans mon cœur avec une précision folle. À une époque, j'aurais tout donné pour entendre ces mots. Mais, maintenant, je savais que je ne les aurais jamais crus.

Je ne faisais pas confiance aux fourberies du destin. Je ne pensais pas que qui que ce soit puisse m'aimer. Max avait dit toutes les bonnes choses, et la seule chose que j'avais eu envie de faire, c'était pleurer. J'attendais simplement qu'il se rende compte qu'il était fou.

Tu ne lui laisses même pas une chance. Tout comme Ivy a dit. Tu ne laisses de chance à personne.

Il y avait diverses versions de ce débat interne qui prenaient place quand je n'étais pas entièrement prise par autre chose. Max était parti quelques jours plus tôt, et j'avais complètement ignoré ses messages et ses appels depuis. Je m'étais dit que c'était plus simple de faire ça comme ça que de voir la réalité sur son visage le jour où il se rendrait compte qu'il prenait du désir pour de l'amour.

La neige s'écrasa sous mes roues alors que j'avançais dans mon allée. En m'arrêtant devant la maison, je coupai le moteur et le silence s'installa autour de moi. Je sortis de mon petit pickup, le bruit de la porte résonna dans la nuit calme. Mes pas étaient étouffés par la neige dense alors que j'avançais vers le porche et me retournais sur moi-même. Je ne savais pas si c'était vrai, mais j'avais l'impression que les étoiles étaient plus proches en Alaska. Elles avaient l'air assez proches pour que je puisse tendre le bras et en attraper une. Pendant les nuits d'hiver les plus froides, elles brillaient fort, comme des diamants jetés au ciel.

Alors que j'observais l'obscurité, je vis un éclat de vert au loin. Des aurores boréales apparaissaient de temps en temps, un voile translucide qui couvrait le ciel. Des rayons de vert clair et vert foncé se formèrent, dansant sous mes yeux. Mon cœur se serra et mon souffle se perdit un moment. La nature pouvait vous couper le souffle et vous rappeler que vous n'étiez rien d'autre qu'un grain de poussière dans l'univers.

Je déglutis dans l'air glacial, le laissant nettoyer mes poumons et je regardai mon souffle s'échapper en fumée froide. Après un dernier regard vers le ciel et les étoiles, alors qu'un corbeau traversait l'obscurité, je rentrai chez moi. Je retirai mes bottes, accrochai mon manteau au mur. Dans un élan d'énergie, j'avais acheté un sapin de Noël l'autre jour. Je ne supportais pas l'idée de couper un arbre, donc j'avais pris un jeune arbuste que je pourrais planter au printemps prochain. Une guirlande lumineuse bleue s'enroulait sur les branches, avec une grosse étoile au sommet, et rien d'autre.

Je n'avais rien de prévu pour Noël, même si Ivy m'avait écrit hier pour me proposer de venir à

Diamond Creek. Je n'avais pas décidé, mais j'irais sans doute, ne serait-ce que pour ne pas être seule.

J'allumai un feu dans le poêle et allumai la télévision, pour essayer de me perdre dans une émission bête. Mais les mots de Max, et ma réaction, tournaient encore en boucle dans ma tête.

Chapitre Vingt-Huit

MAX

— C'est des conneries, commentai-je en regardant Owen, assis en face de moi.

Mon meilleur ami hocha la tête et se recula dans sa chaise.

— Très certainement. On y a déjà mis fin, mais, maintenant, il faut qu'on décide ce qu'on fait.

Nous étions dans les locaux de la petite compagnie d'ingénierie que nous avions rachetée, en réunion privée dans la salle de conférence. L'un de nos ingénieurs en chef avait tenté de voler plusieurs des brevets principaux de la compagnie. Nous avions appris cela grâce à notre système de surveillance centralisé. L'autre ingénieur en chef nous avait également prévenus par mail.

L'équipe était solide, et plus que capable, avec beaucoup de très bons ingénieurs. Il avait fait beaucoup de bon travail pour cette compagnie. Je comprenais parfaitement l'envie de prendre possession de ce travail. Mais ce gars ne semblait pas comprendre que toutes ses recherches et le temps pour lequel il avait été payé avaient porté leurs fruits grâce au travail du reste de l'équipe. La compagnie possédait les brevets. Il ne semblait pas avoir assez de bon sens pour réaliser que si nous n'avions pas racheté la compagnie, il aurait été dans une situation bien moins confortable que maintenant, car les brevets auraient été vendus aux enchères pendant le processus de déclaration de faillite.

La cascade d'évènements qui se serait ensuivie aurait pu être bien pire que la situation actuelle. Dans ce rachat, nous avions proposé à chaque ingénieur de garder son poste, avec une augmentation, s'il choisissait de rester. Nous allions nous occuper de cette situation, mais ça signifiait sans doute qu'on allait le renvoyer.

— On lui parlera aujourd'hui et on lui expliquera les options possible, dis-je.

Owen hocha la tête.

— Pas besoin d'aller forcément vers la faute grave. On peut lui proposer une option propre, s'il quitte la compagnie et qu'on en reste là. Si, et c'est un gros si, il veut continuer à travailler ici, on va devoir avoir une sacrée conversation sur la sécurité et son engagement dans nos projets.

— Tu veux lui laisser une chance? Enfin, s'il veut rester.

Owen tapota la table du bout des doigts et haussa les épaules.

— Je ne sais pas vraiment. Je sais qu'il a de super compétences. Le boulot qu'il a fait avant de travailler ici parle de lui-même. Je pense qu'il est un peu perdu, c'est tout. Il est trop resté sur l'idée que les designs étaient à lui puisqu'il y avait contribué.

Je secouai la tête et gloussai.

— J'imagine qu'Ivy a dit qu'on devrait le garder.

Owen explosa de rire et haussa les épaules.

— Évidemment. Tu sais comment elle est. Elle ne pense qu'à son talent d'ingénieur et de design. Je lui ai dit qu'on allait devoir tout surveiller sur le long terme après qu'il a tenté quelque chose de ce genre. Mais elle a insisté sur le fait que ça prouvait qu'il était passionné par son boulot.

En prenant une gorgée de café, je levai les yeux au ciel.

— Passionné, hein? Mais je vois ce qu'elle veut dire, crois-moi. On va lui parler, et on verra où on en est après ça.

L'après-midi fut assez chargé. Avant que je n'aille passer quelques jours chez Harlow, j'avais déjà lancé plusieurs changements dans l'entreprise, sur les panneaux et ce genre de choses. Les ouvriers étaient là aujourd'hui pour s'occuper du changement d'enseigne. Nous avions décidé d'utiliser le nom de la compagnie d'Owen, Off the Grid, sur le bâtiment, le site et tout ça. Étant donné que nous avions l'intention de rester basés à Anchorage avec cette compagnie, il était logique d'avoir un nom déjà familier en Alaska. Ma compagnie restait la propriétaire principale sur tous les papiers, et je serais tout aussi impliqué qu'Owen dans la gestion.

Les brevets en question, qui nous avaient mis dans la situation présente, étaient d'une grande valeur. Ils avaient à voir avec la durée de vie d'unités de fuel, et avec des meilleures techniques de collecte d'énergie éolienne. Nous voulions ces brevets et nous avions l'intention de les utiliser. Contrairement aux anciens propriétaires, avec la compagnie d'Owen et la mienne, nous avions déjà la capacité de mettre ces produits en vente, bien plus rapidement que si la compagnie était restée indépendante.

Alors qu'il y avait des ouvriers à tous les étages

pour changer les panneaux du bâtiment, même l'équipe administrative semblait stressée. Parfois, je me demandais si les anciens patrons avaient donné des indications à leurs équipes de la situation financière de la compagnie vers la fin. Pour ce cas précis, il semblait que les équipes avaient eu quelques indices, mais qu'elles ne savaient en aucun cas que la compagnie était au bord de la faillite, et que ce n'était qu'une question de mois. Il n'y avait eu aucune solution de redressement possible. Cependant, j'avais appris au fil des années que, dans le milieu des affaires, le déni était une qualité humaine fréquemment dominante. Ce n'était pas pour dire que les gens étaient bêtes, mais qu'ils espéraient beaucoup de choses, même quand ça n'avait pas de sens.

Souvent, quand une compagnie recevait des compliments dans les journaux, les petits détails étaient ignorés. La logistique pure et ennuyante d'un budget et d'une organisation à long terme n'étaient pas très sexy quand on en croyait les longs articles sur la *start-up nation*. Alors que les énergies renouvelables prenaient beaucoup de place ces temps-ci − pas vraiment dans la vie politique, mais dans les approches sociales − les nouvelles compagnies innovantes qui essayaient de faire des avancées sur l'aspect technologique faisaient souvent des apparitions dans les journaux. L'état financier des compagnies, qui différait de leurs projets stars, n'était pas souvent considéré dans les reportages.

En gros, la plupart de l'équipe ici n'avait pas de détails sur la situation très sombre dans laquelle ils étaient. Quand je dis à la secrétaire de l'ancien PDG, qui était maintenant techniquement ma secrétaire, que nous avions besoin de voir l'ingénieur qui avait tenté de voler ces brevets, je crus que ses sourcils allaient s'échapper de son visage.

Owen répondait à un appel dans la salle de conférence donc je décidai de prendre le temps de la rassurer. En posant ma hanche contre le bureau, je la regardai.

— Harriet, je vous promets que vous n'avez pas à vous inquiéter pour votre poste. Personne n'a à avoir peur d'un renvoi. Owen et moi savons que ce genre de transitions sont difficiles. Je suis désolé. Je pensais que les anciens dirigeants vous avaient donné à tous un peu plus d'informations sur le statut financier de la compagnie. Ça allait très mal. Ça allait si mal que la faillite n'était pas loin. Il n'y avait pas d'autre bonne solution qu'un rachat pour cette compagnie.

Harriet, qui semblait être une personne stable, plus que compétente dans son domaine, me regarda silencieusement. Je pris ça comme un bon signe que ses sourcils soient revenus sous ses cheveux. Avec ses cheveux bruns courts et ses yeux bleus gentils, elle me donnait une impression chaleureuse, pleine de soutien. Je ne pouvais qu'imaginer à quel point les vagues normales de potins et d'émotions associées au rachat de cette compagnie l'avaient secouée. Que ce soit justifié ou non, les administrateurs, surtout quelqu'un dans son poste à elle, se retrouvaient souvent au centre de la tempête dans des situations comme celle-ci. J'étais prêt à parier que certains employés pensaient qu'elle l'avait vu venir, que ce soit vrai ou non.

Après un instant, elle acquiesça doucement.

— Les gens ne le prennent pas très bien. Dans l'ensemble, tout le monde semble vous trouver très bien. Bill a été très frustré par la situation. Il avait beaucoup de liberté sous l'ancienne direction, et je crois qu'il pense qu'il n'aura pas la même flexibilité à l'avenir. Je ne sais pas tout, mais j'étais consciente du fait que la compagnie n'était pas stable sur le plan financier. Si je peux faire quelque chose pour calmer un peu les troupes, n'hésitez pas.

Pendant un instant, je réfléchis à l'augmenter en direct. J'avais appris au fil des années qu'en tant que PDG de votre propre compagnie, il est très difficile d'enseigner des valeurs et une bonne attitude, mais pas impossible. Harriet avait l'attitude parfaite. Mais maintenant n'était pas le bon moment de lui offrir une augmentation inattendue. Une fois qu'Owen et moi aurions la situation plus en main, elle serait la première sur la liste.

En détachant ma hanche du bureau, je hochai la tête.

— J'apprécie ce que vous dites. Je pense que faire ce que vous faites est déjà très utile. On s'en sortira dans cette transition. Je peux vous assurer que la compagnie sera stable à partir de maintenant. On ne l'aurait pas choisie si on ne pensait pas pouvoir redresser la barque. En attendant, si vous voulez bien faire venir Bill, je serai dans la salle de conférence avec Owen.

Harriet sourit.

— Bien sûr, je le fais venir tout de suite.

Ce soir-là, je m'adossai à ma chaise dans le même bar où j'avais trouvé Harlow moins d'une semaine plus tôt. Owen et moi étions restés au bureau jusqu'à tard dans la journée, à étudier des bilans financiers et personnels, ainsi qu'à nous occuper de nos projets en cours.

J'étais soulagé d'avoir été réellement occupé toute la journée parce que je n'avais eu aucune envie de quitter Harlow, quelques jours plus tôt. Harlow avait ignoré tous mes appels et SMS, et je détestais ça. J'étais complètement perdu sur ce que je devais faire. J'avais vraiment envie de retourner à Willow Brook et d'aller frapper à sa porte pour exiger qu'elle arrête de m'éviter. Mais je me disais tout autant qu'elle n'apprécierait sans doute pas cette approche.

Owen terminait son appel avec Ivy, et j'observai le restaurant en attendant. L'hôtel avait installé des décorations de Noël, avec des guirlandes lumineuses accrochées au bar et un petit arbre dans l'un des coins de la pièce. Ma mère m'avait appelé aujourd'hui et m'avait demandé quand j'avais prévu d'arriver. Normalement, je lui aurais simplement demandé quel jour l'arrangeait le plus et je me serais organisé. Et même si Ivy m'avait dit qu'elle s'inquiétait un peu pour moi pendant les fêtes, mes habitudes de boulot folles s'étaient quelque peu calmées ces dernières années. Maintenant que ma compagnie était stable, j'avais la possibilité de définir les limites de mon emploi du temps.

La seule hésitation que j'avais sur le fait de rentrer chez mes parents était due au fait que je voulais arriver à une résolution avec Harlow avant de quitter l'Alaska. Si c'était moi qui décidais, elle viendrait avec moi. Je n'aimais pas l'idée qu'elle soit seule pendant les fêtes. Pas du tout.

— Si tout se passe bien, je devrais rentrer demain ou après-demain, dit Owen en s'arrêtant un instant pour me regarder.

Je supposai qu'Ivy disait quelque chose.

— Bien sûr, je préviendrai Max. Je t'aime, à plus.

Owen décolla le téléphone de son oreille et le posa sur la table à côté de lui. Je pris une gorgée de mon whisky et le regardai.

— Qu'est-ce que tu dois me dire? demandai-je avec un clin d'œil.

Owen rit et prit une gorgée de son verre avant de répondre.

— Elle espère que tu viendras à Diamond Creek pour Noël si tu ne rentres pas chez tes parents.

— Elle va devoir voir ça avec ma mère.

— Donc tu retournes en Pennsylvanie?

Je haussai les épaules.

— Je ne suis pas sûr. Mes parents aimeraient que je sois là. Si je ne rentre pas pour Noël, j'irai au mois de janvier, c'est certain.

— Si tu ne vas pas en Pennsylvanie, où est-ce que tu veux passer Noël? Je ne demande pas par curiosité. Je demande parce qu'Ivy me posera la question, et que je ferai mieux d'avoir une réponse.

En vidant mon verre, je posai le verre avec un petit rire.

— Eh bien, tu peux lui dire que j'espère être là où Harlow sera. Si Harlow accepte de répondre à mes appels un jour.

— Comment ça?

Je n'avais pas prévu de parler de Harlow, mais je tournais en rond dans ma tête depuis des jours et j'avais besoin de conseils.

— Elle m'ignore depuis quelques jours. Elle ne répond pas à mes SMS ou mes appels. Je commence à me dire que je vais me pointer chez elle, mais je ne pense pas que ça lui plairait.

Owen haussa les sourcils, le regard pensif.

— Je sais qu'Ivy lui a proposé de venir nous rendre visite. Les parents d'Ivy seront à la maison, donc si Harlow vient elle sera à la station de ski.

Notre serveuse passa près de nous après avoir servi une autre table et elle s'arrêta quand je croisai son regard. Je commandai un autre verre, ne serait-ce que parce que j'avais besoin de quelque chose pour me détendre un peu. C'était fou que Harlow puisse me mettre dans un état pareil. Je n'aimais pas me sentir aussi peu en contrôle.

Il lui suffisait de m'ignorer et c'était la chose la plus puissante qu'on m'ait jamais faite. Je n'avais absolument aucun recours.

Quand je regardai à nouveau Owen, il eut l'air inquiet pour moi.

— C'est à ce point-là, hein?

— Je ne suis pas habitué à me faire ignorer, dis-je platement.

— Je ne crois pas que ce soit ce qui te pose problème.

— Ah oui, qu'est-ce qui me pose problème alors?

J'étais susceptible et c'était évident à mon ton.

Owen secoua lentement la tête.

— Tu ne sais pas du tout quoi faire à propos de Harlow. Puisque je suis pareil, c'est facile à voir. Tu aimes bien planifier, t'organiser. Il y a une raison pour laquelle tu es aussi doué dans les affaires. Les relations, c'est pas du business. Il y a des choses que tu ne peux pas contrôler.

— Dis-moi quelque chose que je ne sais pas déjà, marmonnai-je en lui lançant un regard agacé.

Chapitre Vingt-Neuf

HARLOW

Les flammes montaient haut dans le ciel, brillant dans l'obscurité. Je me tenais à côté de Susannah alors qu'on regardait le toit s'effondrer sur la maison. Même si elle et moi ne faisions pas partie des mêmes équipes, nos deux équipes avaient répondu à l'appel pour ce feu. Une vieille maison à la bordure de Willow Brook avait pris feu. Nous ne saurions pas comment exactement avant que le feu ne soit complètement éteint, mais tous les signes indiquaient un poêle à bois. Je supposais que les propriétaires n'avaient pas pris le temps de nettoyer la cheminée avant le début de l'hiver.

La plupart du temps, c'était ce qui causait des incendies. Ce feu s'était répandu car plusieurs petits bâtiments étaient proches. Les propriétaires allaient se retrouver avec une propriété entièrement ravagée. J'espérais qu'ils étaient bien assurés. Tout le monde était sorti sain et sauf, donc on pouvait se permettre de s'inquiéter de choses plus triviales, comme les assurances.

En regardant Susannah, je pris une grande inspiration et soupirai.

— Eh bien tout le monde est en sécurité, c'était le mieux qui puisse arriver dans une situation pareille.

Susannah acquiesça, posant sa main sur sa hanche et retirant son casque.

— C'est sûr. Quand j'ai entendu ce bébé pleurer...

Elle laissa sa phrase en suspens.

Au moment où elle parla, un éclair d'anxiété me traversa. Nous avions presque tous déjà connu ce sentiment, d'entendre un bébé pleurer et de réaliser que les parents et un petit bébé étaient coincés à l'étage alors que les flammes dévoraient l'escalier.

Ward s'approcha de nous, s'arrêta à côté de Susannah.

— Maintenant que le feu est sous contrôle, vous pouvez rentrer. Certains vont rester jusqu'à ce que ça refroidisse, et que tout le monde puisse rentrer. Et si tu allais chercher Wayne chez tes parents en rentrant?

Susannah se redressa, ses yeux passant rapidement sur moi alors qu'elle secouait la tête, avant de le regarder à nouveau.

— Je sais que tu n'aimes pas qu'il passe la nuit loin de nous, et moi non plus, mais je crois que c'est mieux de simplement le laisser dormir. Il dort sûrement déjà depuis des heures.

Ward ne semblait pas ravi de cette réponse, il plissa les yeux. Il ouvrit la bouche pour dire quelque chose avant de la refermer, en riant doucement.

— Je déteste quand on est tous les deux de garde.

Susannah s'approcha de lui, passant son bras sur sa taille alors qu'il se penchait pour déposer un baiser sur ses cheveux emmêlés.

— Moi aussi, mais ça n'arrive pas souvent. Une ou deux fois par an peut-être, quand nos deux équipes sont sur un feu local. Ça veut dire que tu restes, j'imagine?

Ward acquiesça.

— Bien sûr. Rentre à la maison, je te verrai demain matin.

Même si le visage de Susannah était couvert de suie et qu'elle portait sa tenue de sécurité, le regard que Ward lui lança était tellement intime que je fus forcée de détourner le regard.

Après notre retour à la station, Susannah et moi étions dans les petits vestiaires des femmes. Je m'essuyais après ma douche quand Susannah vint me parler.

— Ça va?

En levant les yeux, je trouvai un regard bleu inquiet.

— Ouais, je... commençai-je à répondre par automatisme.

Je ne finis pas ma phrase parce que je n'allais pas bien. Max me manquait et je l'ignorais. Volontairement. Noël était dans une semaine et, même si je me répétais sans cesse que c'était la vie, les fêtes de fin d'année étaient très difficiles pour moi. Avec la famille que j'avais, ce n'était pas le meilleur moment de l'année. Quand on ne peut pas se tourner vers sa famille, ça ne fait qu'accentuer ce sentiment de solitude.

Susannah était une amie, et je savais qu'elle me demandait ça simplement parce qu'elle s'inquiétait. En plus des fêtes et de cette vieille douleur qui durait, je ne savais pas quoi faire à propos de Max. Je n'avais pas réalisé que j'avais commencé à m'attendre à ce qu'il m'écrive tous les jours, jusqu'à ce que ça cesse quelques jours plus tôt. Je commençais à me dire que ce que je m'étais dit être le mieux venait vraiment de se produire. Il avait décidé de laisser tomber.

— En fait, ça ne va pas. Les fêtes ne sont pas mon moment préféré de l'année, et cette histoire avec Max m'a retournée. J'en attends toujours trop des hommes, donc j'ai décidé que c'était mieux d'essayer de mettre des limites. Et maintenant il me manque, c'est tout.

Je n'ajoutai pas que j'avais l'impression que l'univers faisait beaucoup d'efforts pour me rappeler tout ce que je voulais dans la vie, mais que je ne pouvais pas avoir. Le feu de ce soir n'avait rien de spécial. C'était rare qu'une maison brûle entièrement, mais m'en occuper faisait partie de mon boulot.

Ce feu était routinier. J'étais celle qui était montée à l'échelle pour faire sortir la famille. Comme j'étais plus petite, entrer et sortir par une fenêtre en tenue de sécurité était souvent plus facile pour moi que pour certains des gars. Tout le monde était en sécurité au final. Mais ce qui m'avait écorché le cœur, ce cœur bien trop vulnérable et fragile, ça avait été de voir l'amour pur de ce couple et de leurs deux jeunes enfants. Comme souvent, un évènement aussi grave mettait tout à plat pour les gens. On n'avait plus de limites, et les sentiments remontaient à la surface aux yeux de tous.

Pour cette jeune famille, les seules choses visibles étaient de l'amour et de l'inquiétude, une affection profonde. Le genre d'amour que j'avais peur de ne jamais connaitre. Ça s'était ajouté au deuil long de ma fausse couche et au fait que Max me manquait, et ça m'avait beaucoup secouée.

Quand je regardai Susannah, je vis une chaleur et un air de compréhension dans ses yeux, et je fondis en larmes. En resserrant ma serviette sur moi, je m'assis sur le banc devant les casiers et cachai ma tête dans mes mains. Je sentis Susannah s'asseoir à côté de moi, passant son bras sur mes épaules.

Elle ne dit rien pendant quelques instants, me donnant une chance de me calmer. Après quelques minutes, je levai la tête et essuyai les larmes dans mes yeux.

— Je suis un peu dans tous mes états en ce moment, marmonnai-je.

Susannah me serra les épaules et retira son bras pour se lever et se diriger vers un comptoir le long du mur. Elle attrapa un paquet de mouchoirs pour me le tendre avant de s'asseoir en face de moi sur le banc pendant que je me mouchais.

— D'accord, donc on dirait que tu tiens à Max. Qu'est-ce que tu veux y faire? demanda-t-elle, très pragmatique.

Avec un mouchoir en boule dans ma main, je la fixai du regard.

— C'est ça le problème. Je ne sais pas.

Susannah resta silencieuse tout en m'analysant du regard.

— Vous en avez parlé?

Mon esprit revint immédiatement à toutes les choses parfaites que Max avait dites avant de partir, moment à partir duquel j'avais commencé à ignorer tous ses messages. J'acquiesçai enfin parce que je n'allais pas mentir, ce serait injuste pour Max.

— Oui. Il a dit qu'il veut que je nous laisse une chance. J'ai juste peur que ça aille trop vite et qu'il ne sache pas vraiment ce qu'il veut.

Susannah pencha la tête sur le côté.

— À moins que tu sois très discrète, il me semble que tu n'es sortie avec personne depuis que tu es arrivée à Willow Brook. Il y a une raison?

Je hochai la tête en reniflant avant d'essuyer une nouvelle larme qui coulait sur ma joue.

— Je n'ai pas un super passé avec les hommes. Je suis très douée pour trouver des hommes qui ne veulent rien de sérieux, et me convaincre que ça changera peut-être. Ma dernière histoire, c'était juste avant ma fausse couche.

— Ah.

Je sentis qu'elle ne savait pas exactement quoi dire, et qu'elle avait peur de dire la mauvaise chose. Nous en avions déjà parlé ensemble, mais c'était un sujet difficile.

— T'inquiète. Je suis remise de ce gars. C'était un gros con. Ce qui était dur, c'était la fausse couche.

— Je vais être directe. Je ne crois pas que tu serais dans un tel état à propos de Max s'il n'en valait pas la peine. S'il veut que tu vous laisses une chance, je crois que tu devrais l'écouter. Pourquoi pas? Qu'est-ce que tu as à perdre?

— Euh, ma santé mentale.

Susannah rit.

— C'est vrai, mais tu es déjà dans tous tes états. Crois-moi, ça en vaut la peine si c'est le bon. Et il n'y a qu'une seule façon de le savoir.

Évidemment, elle n'était pas au courant de ce qu'Ivy m'avait dit, mais elle disait exactement les mêmes choses. Pour que cette relation aille quelque part, il fallait que je nous donne une chance. Je pris une grande inspiration et me levai du banc pour enfiler mon jean. On finit de s'habiller. Susannah resta silencieuse, me laissant le temps de réfléchir.

— J'imagine qu'il faut juste que je trouve comment faire, dis-je enfin, en fermant mon casier.

Elle se tourna vers moi, passant à nouveau la serviette dans ses cheveux mouillés avant de la jeter dans le panier dans le coin.

— Je suis une fan des conversations directes. Ça rend tout plus facile.

Je ris.

— J'imagine.

J'enfilais mon manteau quand elle me posa une autre question.

— Ward a parlé d'un gars qui a postulé pour rejoindre une des équipes l'été prochain. Il a dit à Ward qu'il bossait avec toi avant. Tu le connais?

Oh, c'était gênant. En parlant d'être directe, je me dis que c'était sans doute la meilleure option en ce moment.

— Oui. C'est le gars avec qui je suis sortie un temps. Dont je suis tombée enceinte alors que je prenais la pilule. Tu connais le reste de l'histoire. Tu ne sais peut-être pas qu'il me trompait avec deux autres femmes. Je me suis dit que je devrais dire à Ward ce qu'il s'est passé, mais ça me fait bizarre.

Susannah plissa les yeux et posa sa main sur sa hanche.

— Oh certainement pas. C'est pas bizarre. C'est personnel, je comprends. Mais c'est une question de confiance, qui est cruciale dans ce genre de boulot. Si un gars fait ce genre de conneries, on n'a pas besoin de lui ici. Si tu ne veux pas en parler à Ward, je peux le faire.

Sa réponse me surprit, et ça dut se voir sur mon visage. Elle continua :

— Sérieusement, c'est merdique. C'est toi qui décides. Tu en parles à Ward, ou je le fais.

— Je le ferai. Pas ce soir évidemment, mais je le trouverai demain.

On sortit de la caserne ensemble dans la nuit noire. En s'arrêtant devant ma voiture, Susannah me regarda.

— Ne rate pas ta chance.

MAX

Je décidai d'accepter l'idée d'avancer à l'aveugle. Je ne savais pas quelle était la meilleure approche avec Harlow, mais j'en avais fini d'attendre. Owen avait accepté de rester quelques jours de plus à Anchorage, pendant que je rentrais à Willow Brook.

Le ciel était bleu et les routes étaient dégagées, par un acte du ciel. J'aurais traversé une tempête pour la rejoindre, mais ça ne me dérangeait pas que la météo soit de mon côté. Peu de temps après, j'arrivais à Willow Brook. Je ne m'arrêtai même pas en ville et me dirigeai directement vers chez elle. Quand j'arrivai dans son allée et que je vis que sa voiture n'était pas là, je fis demi-tour.

Quand j'arrivai à la caserne, je fus soulagé de voir son pickup sur le parking. Je ne voulais pas me permettre trop de choses, donc je me garai sur le parking visiteurs. Le moins qu'on puisse dire, c'était que je fus surpris en trouvant son père dans la salle d'attente.

Howard May était un homme grand et imposant. Il avait des cheveux gris et des traits rudes. Il était assis sur une chaise, l'air plutôt impatient, et ne me vit pas tout de suite. Il leva la tête en regardant vers Maisie, qui était en train de passer un appel derrière le bureau d'accueil.

— Si vous voulez bien, ça fait quand même dix minutes que j'attends, dit-il sèchement.

— Bon sang, Howard, c'est une opératrice. Vous pensez peut-être que vous êtes important, mais la vie de quelqu'un est peut-être en jeu, là, dis-je, incapable de me retenir.

Le regard de Howard se posa sur moi et il plissa les yeux en se levant.

— Qu'est-ce que tu fous là, Max?

Pendant une seconde, je me demandai s'il valait mieux ne pas lui dire comment je connaissais sa fille. Avant que je n'aie une chance de répondre, la porte arrière s'ouvrit et Harlow arriva. Rien qu'à l'expression de son visage, je pouvais supposer que Maisie l'avait prévenue que son père était là. Ses traits étaient tirés, et il y avait deux points roses sur ses joues. Elle avait les épaules tendues alors que ses yeux passaient de moi à son père, écarquillant le regard quand elle me vit.

En parlant de navigation à l'aveugle, je n'avais aucune idée de quoi faire maintenant. Évidemment, je n'avais pas prévu de me pointer en même temps que son père.

Howard se tourna vers elle et aboya :

— Eh bah, il est temps. J'attends depuis presque quinze minutes.

— Papa, je faisais quelque chose. Je sais que tu ne trouves pas mon boulot important, mais moi si, dit-elle sèchement. Qu'est-ce que tu fais là?

— Tu ne réponds pas à mes appels. C'est bientôt Noël et je voulais savoir ce que tu avais prévu de faire.

Les parents de ta mère m'ont laissé un message. Ils seraient ravis de te voir.

Harlow avait l'air de s'écrouler complètement, un mélange d'émotions traversant son visage.

Howard se tourna à nouveau vers moi quand elle ne répondit pas.

— Et tu ne m'as pas dit ce que tu fichais là?

Harlow me surprit, en se positionnant à côté de moi.

— Il est là pour me voir, papa.

Howard nous regarda, un air confus sur le visage. Quand je me demandais justement ce qu'elle avait l'intention de dire à son père à notre propos, je sentis sa main attraper la mienne.

— J'ai rencontré Max au mariage d'Owen et Ivy l'année dernière. On sort ensemble.

Mon cœur s'emballa, s'écrasant contre mes côtes. J'étais submergé par mes émotions, et j'aurais vraiment préféré que Howard n'en soit pas témoin. Je ne pouvais que suivre le mouvement de Harlow, donc je tins fermement sa main, heureux quand elle serra la mienne en retour.

— Je vais passer Noël avec Ivy et Owen...

Pendant un instant, je perdis l'ouïe. C'était donc là que je passerais mon Noël. *N'oublie pas d'appeler maman pour lui dire.*

La voix de Harlow me ramena au présent, me tirant de mes notes mentales.

— J'appellerai mamie pour lui dire. Elle a mon numéro, je ne sais pas pourquoi elle ne m'a pas appelée directement. Honnêtement, je ne sais pas ce que tu fais là, papa. Je pensais que tu en avais terminé avec moi.

Je sentais une subtile note de tension qui vibrait en elle et je savais que c'était dur pour elle. J'avais vu

Howard gérer des négociations. Il avait toujours été très doué en business en partie parce qu'il était froid et sans pitié. Je ne pouvais qu'imaginer une enfance avec lui. Non pas que cette conversation soit une négociation, mais Howard gérait tout comme tel.

Le père de Harlow la fixa du regard puis leva les yeux au ciel, passant sa main dans sa poche. Il était évident que cet homme était venu jusqu'en Alaska dans un petit village perdu dans la nature pour retrouver sa fille. Il voulait la voir pour une raison ou une autre. Mais je n'avais aucune ombre d'idée de ce qu'il espérait d'elle.

— J'ai peut-être parlé un peu vite en disant que j'en avais marre de toi, dit-il enfin.

Pour la première fois depuis que je le connaissais, je vis une pointe de vulnérabilité chez Howard.

— Si tu changes d'avis...

Harlow lui coupa la parole.

— Papa, je ne vais pas changer d'avis sur le fait de travailler pour toi. Je ne sais pas ce qu'il va se passer, mais ce ne sera pas ça.

Howard serra les lèvres et détourna le regard avant de hocher doucement la tête. Je croisai le regard de Maisie de l'autre côté de la pièce. Elle avait l'air inquiète. J'étais soulagé d'être là, et que Maisie soit là aussi. Harlow avait l'habitude d'être seule. Le simple fait qu'elle n'affronte pas son père seule me paraissait important, même si c'était une discussion très courte.

Howard la regarda enfin à nouveau, puis moi.

— Max est un homme bien.

— Je sais, papa, dit Harlow, d'un ton surpris. Ne le prends pas mal, mais ton opinion sur qui que ce soit dans ma vie n'est pas un argument en leur faveur. Je sais que Max est un homme bien parce que je vois comment il me traite. Je ne sais pas vraiment pourquoi tu es là et, si tu veux qu'on reprenne contact, tu peux le dire. Mais là, j'ai besoin de parler à Max.

Howard la regarda avant de pencher doucement la tête. Je me demandais s'il avait déjà pris sa fille dans ses bras. Il ne le fit pas aujourd'hui. Au lieu de ça, il s'approcha et leva la main, lui serrant l'épaule, un peu gêné.

— D'accord. Je voyage pendant les fêtes, mais tu sais où me trouver si tu as besoin de quoi que ce soit.

En reculant, Howard nous regarda tous les deux, le regard réfléchi. Même si je ne connaissais Howard que dans le boulot, je sentais qu'il était un peu blessé par la limite claire de Harlow. Malgré l'absence de son père pendant son enfance, la fille de Howard était l'une des meilleures personnes que je connaissais. Qu'elle tienne tout cela de sa mère ou non, on pouvait au moins dire que Howard ne lui avait pas enlevé ça.

En sachant comme il gérait ses affaires, j'imaginais que sa relation avec Harlow en tant qu'adulte était très similaire. Ses tactiques de négociations intelligentes et fourbes ne lui apporteraient plus rien avec Harlow.

Pendant un instant, je ressentis une pointe d'empathie pour cet homme. Après un moment de silence tendu, il croisa mon regard.

— Traite-la bien, ou tu devras avoir affaire à moi.

Harlow répondit pour moi. Elle leva les yeux, soufflant rapidement.

— Sérieusement? Tu n'as jamais eu d'avis sur ma vie amoureuse. Je ne pense pas que tu en aies déjà parlé, dit-elle d'un ton presque incrédule.

Howard la regarda.

— Eh bien, tu ne m'en as jamais parlé. Je sais que je n'ai pas été le meilleur père, mais je tiens à toi. Appelle-moi si tu as besoin de quoi que ce soit.

Après cette phrase tiède, Howard commença à se détourner.

— Howard, appelai-je.

Il se retourna et haussa les sourcils.

— Je vous promets que je prendrai soin d'elle.

Encore une fois, il nous regarda tous les deux. Avec un petit hochement de tête, il se tourna et partit, entrant dans l'après-midi d'hiver.

Tout ce temps, Maisie était restée silencieuse, bon public au bureau d'accueil où elle répondait aux appels d'urgence. Harlow me regarda, puis regarda Maisie, confuse. Alors que je serrais la main de Harlow, Maisie parla.

— Eh bien je ne connais pas bien ton père, et ce n'est pas vraiment un bisounours visiblement, mais je dirais que ça s'est pas trop mal passé?

Harlow tint ma main fort et se tourna pour avancer lentement vers le bureau et poser son coude sur le comptoir de Maisie. Je m'étais préparé à beaucoup de choses pour cet après-midi, mais cette rencontre avec son père m'avait complètement pris de court. Je suivais simplement tout ce que Harlow faisait.

— Non, ce n'est vraiment pas un bisounours, dit-elle avec un petit rire.

— Ça va? demanda Maisie.

Harlow pencha la tête, ses yeux trouvant brièvement les miens.

— Je pense. Aussi étrange que cette conversation ait été, c'est sans doute l'une des plus agréables que j'ai eues avec mon père.

Un rire lui échappa et elle secoua doucement la tête.

— C'était tellement bizarre.

Elle me regarda, comme si elle cherchait une confirmation et je haussai les épaules.

— En tout cas, c'était bien différent de mes autres conversations avec ton père.

À ces mots, elle explosa de rire, un son qui me secoua de l'intérieur. Bon sang. Cette femme. Elle me faisait l'effet le plus fou. Rien dans ce moment n'était propice au désir, mais rien chez Harlow n'était propice à la raison.

Le son de son rire et la sensation de sa main sur la mienne me ravageaient de désir. Tout était emmêlé quand il s'agissait de Harlow. Heureusement, le téléphone de la caserne sonna et Maisie nous fit signe de partir alors qu'elle prenait l'appel, repassant en mode boulot.

Harlow me fit un signe de tête vers la porte qui menait à l'arrière de la caserne. Étant donné que le genre de conversation que je voulais avoir ne pouvait pas prendre place dans la salle d'attente, je la suivis.

J'aurais suivi Harlow jusqu'au bout du monde aujourd'hui.

Chapitre Trente-Et-Un

HARLOW

Alors que Max avait sa main dans la mienne, je sentais la caresse de son pouce durci par la vie sur mes phalanges, et je le guidai jusqu'à l'arrière de la caserne. Mon cœur battait la chamade et j'avais la boule au ventre, comme si je venais de tomber d'un avion.

Cette journée avait été une série de révélations. Je m'étais réveillée avec un SMS plus qu'inattendu de Cliff. Comme je l'avais déjà dit, il était quelqu'un que j'avais depuis longtemps oublié. Ça ne m'avait pas fait particulièrement plaisir d'entendre qu'il allait peut-être prendre poste ici et j'avais été soulagée de la réaction protectrice véhémente de Susannah, quand elle avait appris qu'il comptait s'engager ici pour un poste estival.

Non pas que j'aie réécrit notre histoire dans ma tête, mais il m'avait reconfirmé tout ce que je pensais sur lui en un seul message.

Salut, j'espère que tu veux bien leur dire du bien de moi. J'aimerais bien prendre le CDD d'été. Ça paye bien. Et si ça me plait, je resterai peut-être.

C'était tout. C'était tout ce que mon ex avait à me

dire. Il ne m'avait même pas demandé comment j'allais. Mais, là encore, ça me prouvait à quel point je l'avais mal jugé au début. Ma tendance à être polie m'avait fait envisager de répondre. Puis je m'étais souvenue que je ne devais rien à Cliff. Au lieu de répondre, je l'avais ignoré et j'avais bloqué son numéro.

Il ne m'avait pas manqué du tout, et je voyais même clairement ce qu'il avait représenté pour moi, avec des mots sincères plus que des mots fantasmés. Il me suffisait de penser à Max pour prendre du recul sur cette relation, ou plutôt non-relation.

J'étais arrivée à la caserne et j'étais allée voir Ward directement pour lui dire précisément pourquoi je ne lui recommandais pas d'engager Cliff. Je n'entrai pas dans les détails, à part le fait qu'il avait couché avec plusieurs membres de l'équipe et avait menti à ce sujet. Ward avait été très respectueux, et je sentis que Susannah lui avait donné quelques détails. Il eut le tact de ne pas en parler.

Quelques minutes après ça, Maisie m'avait appelée pour me dire que mon père était là. Avant ça, je m'étais promis que j'allais trouver le courage d'appeler Max. Le message de Cliff m'avait permis de voir mes sentiments pour Max plus clairement, et je m'étais rendu compte que je pouvais même être soulagée de ressentir ce que je ressentais pour lui.

Quand j'étais sortie pour voir mon père, j'avais trouvé Max, qui attendait, et un énorme soulagement s'empara de moi. Sans un mot entre nous, je savais qu'il me soutiendrait face à mon père. J'aurais tout le temps de réfléchir à ce qui avait poussé mon père à débarquer comme ça, mais ma priorité était Max.

Beck sortait de son bureau à ce moment-là. Parfait.

— Beck? appelai-je.

Il se dirigeait vers la cuisine, et se retourna.

— Oui?

— Est-ce que je pourrais emprunter ton bureau quelques minutes?

Beck me jeta un regard curieux, puis à Max, avant de hocher la tête.

— Bien sûr. Il faut que j'aille au magasin de bricolage de toute façon. Je vais juste attraper mon manteau.

En revenant dans son bureau, il prit sa veste posée sur sa chaise de bureau, nous faisant signe d'entrer.

— La pièce est à vous. Je reviens dans un moment.

Quand la porte se ferma derrière nous, mon anxiété monta dans les tours à un niveau que je ne connaissais pas. Le concept abstrait de dire à Max que j'étais prête à nous laisser une chance était plus simple à envisager qu'à mettre en place. Nous étions seuls maintenant.

Il tenait encore ma main alors qu'on se tenait devant la porte, son regard familier trouvant le mien. Alors que mon ventre s'emplissait de papillons, je levai les yeux vers lui. Ça faisait des jours que je ne l'avais pas vu, et ça m'avait manqué de le regarder. J'absorbai la vue, ses yeux bleu glacier, et les lignes droites de son visage. C'était plus qu'une petite barbe mal rasée maintenant, et ça me plaisait beaucoup.

— Eh bien, c'était une sacrée surprise, dit-il.

— De voir mon père, tu veux dire?

— Non. Toi.

— Quoi, moi?

— Tu ne m'ignores pas, clarifia-t-il, alors qu'un coin de sa bouche se relevait en sourire, déclenchant une vague de chaleur délicieuse dans mon corps.

— J'allais t'appeler aujourd'hui, mais tu es là.

— Je suis là. Tu allais m'appeler pour me dire quoi?

Il se tourna pour me faire complètement face, alors que j'avais des frissons en entendant sa voix rauque.

Cet homme. Il lui suffisait d'exister près de moi et de se concentrer sur moi, et je fondais. Mon cœur et mon corps s'offraient à lui. Mes émotions étaient si proches de la surface, j'avais l'impression qu'elles essayaient d'échapper à ma peau. J'essayai de prendre une grande inspiration mais je n'arrivai pas à en trouver une. Mon pouls était frénétique, et j'avais chaud, comme une poussée de fièvre, terrassée par un mix de désir et d'émotions.

— J'allais te dire que tu avais raison, dis-je enfin, d'une voix soufflée.

— À propos de quoi?

Oh bon sang, il allait me demander de lui faire un dessin.

— Qu'on devrait se laisser une chance.

Exprimer mon désir le plus profond était plus difficile que ce que j'avais imaginé. Quand les mots n'étaient pas abstraits, ils portaient une gravité inimaginable.

Le regard de Max soutint le mien pendant quelques secondes, des yeux si intenses qu'ils brûlèrent mon âme.

— Oh, Dieu merci, marmonna-t-il fermement.

Une seconde plus tard, sa bouche était sur la mienne. Notre baiser était animal et brutal, se déversant d'émotions à chaque caresse, chaque morsure et chaque souffle entremêlé. Je m'étais retenue très longtemps. Cette relâche ressemblait à une rivière qui se déverse le long de la montagne au printemps, quand la glace cède.

Parfois, les mots ne suffisent pas.

Sa langue caressa ma bouche, un gémissement guttural s'échappant de sa gorge. L'une de ses mains était emmêlée dans mes cheveux alors que l'autre descendait le long de mon dos pour attraper mes fesses, me caressant et balançant ses hanches contre moi. Son excitation était dure et chaude, posée au sommet de mes cuisses.

il se retira, ses dents attrapant ma lèvre inférieure avant qu'il ne me libère doucement. Son front tomba contre le mien.

— Tu me rends fou, Harlow, murmura-t-il contre mes lèvres.

J'étais prise dans une marée d'émotions. Des larmes chaudes se formaient au fond de mes yeux.

En reculant, il plissa les yeux d'inquiétude.

— Qu'est-ce qui ne va pas?

— Rien, dis-je rapidement, en secouant la tête et en essuyant mes larmes alors qu'il passait son pouce sur ma joue pour attraper la première. Ça fait beaucoup, c'est tout. Mais en bien, pas en mal.

La tension sur son visage se dissipa un peu.

— Je n'ai aucune idée de ce que je fais, que tu saches. Je sais juste que j'avais besoin de venir ici aujourd'hui. Je ne supportais pas de ne pas savoir ce qu'il se passait dans ta vie. J'essayais de te laisser de l'espace mais, au final, je ne suis pas très doué pour ça.

Un rire m'échappa. Voir Max Channing, un homme riche qui avait le monde à ses pieds quand il le voulait, l'air perdu et incertain était à la fois impressionnant, choquant et amusant.

Sa bouche se transforma en sourire et il haussa les épaules.

— Je n'ai pas peur de dire que tu me mets à genoux.

Son regard se calma alors qu'il écartait mes cheveux de mon visage, y passant les doigts et les rangeant derrière mes oreilles. Un frisson me traversa, de la chair de poule suivait la ligne de son toucher.

— J'avais peur d'en avoir trop dit, trop rapidement, murmura-t-il.

Ma gorge était serrée d'émotions, mais je respirai lentement en soutenant son regard.

— Tu n'en as pas trop dit trop rapidement. J'avais besoin de l'entendre pour me bouger les fesses.

Je m'arrêtai, en essayant de rassembler mes émotions. J'étais déstabilisée, alors que mes sentiments couraient dans tous les sens. C'était aussi beaucoup à gérer d'avoir Max devant moi.

Max à lui seul était intense. Sa présence physique me mettait à genoux. Il suffisait d'un regard et il me coupait le souffle et me faisait tourner la tête.

Même si je pensais ce que j'avais dit – j'avais prévu de l'appeler pour lui dire que j'étais prête à nous laisser une chance – je n'avais pas réfléchi aux mots exacts. Alors que j'étais assez proche pour sentir la chaleur de son corps, qu'il avait une main sur la courbe de mes fesses et une dans le creux de mon cou, son pouce caressant mon pouls, je n'arrivais pas à penser clairement. Pas du tout. Mon cœur tapait presque du pied au sol, s'énervant pour être entendu au-dessus du cumulus de mes pensées, celui qui prenait comme toujours le dessus.

— Je ne m'attendais pas à tomber amoureuse de toi.

Voilà les mots qui venaient de s'échapper sans ma permission. Dire le mot amoureuse à voix haute relâcha une vague de terreur dans mon corps. J'étais tellement habituée à essayer d'aimer des gens qui ne voulaient pas me le rendre, et à m'imaginer des signes d'amour dans toutes les petites attentions alors que ce n'était en aucun cas de l'amour.

Les yeux de Max s'illuminèrent.

— Tu n'es pas obligée de le dire tant que tu n'es pas certaine.

Je me souvins de ces mots, qui dataient de quelques jours plus tôt, quand il avait dit qu'il n'avait pas prévu de tomber amoureux de moi, et mon argument avait été qu'il était trop tôt. En vérité, ça faisait plus d'un an que nos vies s'étaient croisées, se rentrant dedans de plein fouet, en une nuit inoubliable. Mon corps et mon cœur avaient reconnu le potentiel que nous portions déjà à l'époque.

Ça ne laissait pas de place au doute. Je secouai la tête.

— Je sais que je ne suis pas obligée de le dire, mais je le pense. Je ne pense pas que je suis en train de tomber amoureuse de toi, je suis amoureuse de toi.

J'avais tout un tas de raisons pour lesquelles l'idée concrète de l'amour me faisait peur. Max ne me laissa pas le temps d'en dire plus, caressant mes lèvres avec mon pouce avant de poser sa bouche sur la mienne, nous jetant à nouveau dans un baiser sauvage. Puis il nous fit tourner, collant mon dos contre la porte, alors que j'enroulais mes jambes autour de sa taille et essayais de m'imprégner de lui. Il me tint facilement dans ses bras, ses lèvres déposant un chemin de baisers dans mon cou.

Il y eut un coup soudain à la porte. Je me souvins tout d'un coup que nous étions dans le bureau de Beck à la caserne. Max se recula, ne me lâchant pas immédiatement.

— Beck, appela la voix de Cade.

— Oh mon Dieu, sifflai-je. Il faut que tu me poses.

Max sourit, amusé, me posant doucement. Je pris une grande inspiration, en essayant de reprendre mes esprits avant d'ouvrir la porte, puis j'entendis la voix de Maisie.

— Il est parti au magasin de bricolage, lança-t-elle de l'autre bout du couloir.

— Ah, tu aurais pu me le dire, répondit-il alors que ses pas s'éloignaient de la porte.

En me retournant, je trouvai le regard malin de Max.

— Je crois qu'on devrait y aller, murmurai-je, en espérant que mes joues perdaient leur couleur.

— S'il te plait, dis-moi que tu ne travailles pas toute la journée, dit-il très directement, son regard chaud parcourant mon corps et s'arrêtant sur mes seins.

Mes tétons lui faisaient quasiment un défilé.

Je secouai la tête.

— Non, j'avais presque fini ma journée quand tu es arrivé.

— Allons-y.

Quelques minutes plus tard, nous étions dans sa nouvelle voiture. C'était un SUV noir, hybride, bien sûr, et équipé de toute la technologie imaginable. Ça me rappelait la voiture d'Owen, celle dans laquelle j'avais rencontré Max quand il était venu me récupérer à l'hôtel pour m'emmener au mariage d'Ivy.

Je ne pensais jamais avoir des pensées romantiques pour une voiture, mais, en ce moment, c'était le cas. Je le regardai et demandai :

— Tu viens d'acheter ça ici?

Il me lança un regard alors qu'on tournait sur la grand-rue, en direction de ma maison.

— Techniquement oui, mais j'avais arrangé la livraison du véhicule après avoir finalisé le contrat sur la nouvelle compagnie avec Owen. Je savais que j'allais passer un peu de temps ici, et j'avais besoin de mon propre véhicule. Elle est arrivée il y a quelques jours.

Ce n'est qu'à ce moment-là que je réalisai que je n'avais pas pris la peine de le suivre avec mon pickup et que je l'avais donc laissé à la caserne. C'était un miracle que j'aie pensé à prendre mon manteau et mon sac.

— J'ai oublié ma voiture.

Le rire grave de Max me fit vibrer.

— Tu n'en as pas besoin.

Chapitre Trente-Deux

HARLOW

La porte claqua derrière nous. Max prit ma main dans la sienne et me tira vers lui en me retournant. Mon dos s'écrasa contre la porte alors que sa bouche trouvait la mienne, reprenant là où nous nous étions arrêtés dans le bureau de Beck.

Alors qu'il m'embrassait, je l'escaladai comme un arbre. J'enroulai mes jambes sur ses hanches, mes bras autour de son cou et me laissai aller à la folie. Une sensation d'empressement coulait dans mes veines, tout ce que j'avais essayé d'éteindre et de retenir était en liberté, et j'étais prise dans la folie brûlante. Avec son corps dur et fort contre le mien et ses lèvres qui se baladaient sur ma mâchoire, sa langue passant sur mon oreille et me créant des frissons chauds, tout ce que je savais, c'était que j'en voulais plus. Maintenant. Ma tête tomba contre la porte et je murmurai :

— Tu portes trop de vêtements.

Max s'était occupé des boutons de mon chemisier, ses lèvres sur mes clavicules. La sensation de son rire contre ma peau me fit glousser.

— Je pourrais te dire pareil, répondit-il en levant la tête, les yeux sombres. Changeons ça.

Alors qu'il commençait à reculer, je me trouvai face à un problème. Je n'avais pas envie de le lâcher. Mais pour qu'il enlève ses vêtements, j'étais obligée. Il essaya de reculer et je resserrai ma prise.

— Je ne veux pas te lâcher.

Soudainement, ce qui commença comme une blague se transforma en une vague d'émotions. Un sentiment de vulnérabilité s'écrasa sur moi.

La paume de Max trouva ma joue, son pouce caressant mes lèvres.

— Qu'est-ce qu'il y a?

Je secouai la tête, déglutissant malgré l'émotion nouée dans ma gorge et ma poitrine.

— C'est beaucoup, c'est tout, réussis-je enfin à dire d'une voix étouffée.

— Je sais.

Il y avait tant de choses que j'avais besoin de dire, mais tout était trop. Pour le moment, j'avais besoin de me perdre dans la tempête de sensations qui tournait autour de nous. En me lisant aussi facilement que d'habitude, Max me serra fort en s'éloignant de la porte.

— Une chose à la fois, murmura-t-il, ses lèvres caressant ma tempe. Pour l'instant, j'ai besoin d'être en toi.

— D'accord, ce serait parfait, dis-je, le souffle court.

Il me posa. Nos vêtements disparurent rapidement et sans grâce. Ses mains me caressèrent, ses lèvres, dents et langue jouèrent avec ma peau tandis que je m'écroulais sur le canapé. C'était parfait. La griffure de sa barbe sur mes seins et ses dents sur mon téton. La sensation délicieuse de son poids sur mon corps, puis le plaisir intense de ses doigts en mon centre, se pliant et caressant ce point parfait alors que mon désir me traversait.

Tout était un flou de sensations. Une chose resta vraie tout du long. Même la première fois que les lèvres de Max avaient trouvé les miennes, il n'y avait rien eu à cacher, rien à retenir.

Alors que je tremblais encore, mon plaisir explosa en mon centre, rayonnant vers l'extérieur. Je me forçai à ouvrir les yeux alors que Max se plaçait au-dessus de moi, posant ses hanches entre mes cuisses. Nous n'avions même pas pris le temps d'aller jusqu'au lit. Voilà à quel point nous étions désespérés de nous emmêler.

Il s'enfonça en moi d'un grand coup, son regard bleu me marquant d'intensité. Peau à peau, cœur à cœur, il me remplit complètement, m'étirant de plaisir brûlant et se mettant à bouger.

L'intimité qui m'avait fait peur un temps me terrifiait encore un peu. Mais, dans la chaleur de son regard, je m'accrochai fort et traversai cette tempête avec lui. C'était du plaisir pur, avec rien d'autre que la sensation de son corps dur et de sa force autour de moi. Chaque va-et-vient m'envoyait plus haut vers un autre orgasme qui se construisait sur les ruines du précédent.

Il passa la main entre nous alors que mon plaisir se répandait dans mon corps et pressa son pouce sur mon clitoris, me faisant monter au septième ciel. En criant mon nom, il explosa en moi, se déversant en moi alors que je vibrais de plaisir.

Au moment où il tomba sur moi, il bougea rapidement pour retirer son poids de moi, mais j'enroulai mes jambes autour de ses hanches, fermement.

— Non, j'aime ton poids.

Il se redressa sur son coude, me regardant de haut.

— Je n'aime pas t'écraser. On va faire un compromis, murmura-t-il alors qu'il se soulevait lentement pour qu'on soit à un angle sur le canapé.

On resta immobile et silencieux un instant. Mes doigts faisaient des cercles sur son torse, et il relâcha sa prise sur mes cheveux.

— Donc tu vas à Diamond Creek pour Noël?

En bougeant un peu, je me reculai pour voir son visage.

— Oui, c'est le plan. Et toi?

Quand je n'étais pas prise dans la folie de notre désir et que la réalité me frappait, je commençais à m'inquiéter. Tout de suite, ses yeux cherchaient les miens alors que mon mal-être grandissait dans ma poitrine.

— Oh, je serai à Diamond Creek. À moins que tu me dises de ne pas venir. Mais je me débattrai peut-être, dit-il avec un petit rire.

Son sourire et la lueur dans ses yeux m'arrachèrent un rire, soulageant mon anxiété.

— Je n'ai pas prévu de te dire de ne pas venir. Pourquoi tu penserais ça?

Ses épaules se levèrent et retombèrent avec un haussement simple.

— Je n'avais aucune idée de ce à quoi m'attendre aujourd'hui. Je suis venu pour essayer de te convaincre. Heureusement, tu m'as rendu la tâche facile. Mais je sais que tu veux peut-être aller plus lentement que moi.

Alors que je le regardais dans les yeux, mon cœur s'envola, comme un oiseau qui quitte sa cage. Le sentiment de liberté était immense.

— Je n'avais pas vraiment pensé à tout, mais commençons par Noël.

Il pencha la tête, pressant ses lèvres contre les miennes.

— Je suppose qu'on devrait terminer cette conversation avant que tu ne commences à t'inquiéter.

— Qu'est-ce qui te fait croire que je vais commencer à m'inquiéter?

Je me moquais un peu de lui, mais j'étais légèrement inquiète de voir la vitesse à laquelle il avait compris comment marchait mon esprit. Le côté négatif de mon enfance décousue, et de la perte de ma source primaire de stabilité – ma mère – était que j'essayais toujours de voir de l'avant et je m'inquiétais de ce qui pourrait arriver ensuite.

J'avais créé une vie où je pouvais gérer tous les imprévus. Je n'étais pas certaine de comment faire rentrer un homme dans cette équation, encore moins un homme dont j'étais tombée amoureuse.

Même si la profondeur de mes sentiments me faisait un peu peur, et que ce serait sans doute le cas pendant un moment, je ne remettais pas en question ce que je ressentais pour Max. Il faudrait m'arracher à lui pour que je parte. Mais je savais que les détails de nos vies n'étaient pas simples à accorder.

Il venait de révéler sa capacité à lire dans les esprits.

— Si on se dit qu'on se lance, on a quelques sujets dont il faut qu'on discute. Plutôt que de nous inquiéter, et si on décidait que, jusqu'à ce que tu décides si tu veux rester ou partir d'ici, je peux travailler à Anchorage? Je ferai la route. On trouvera des solutions.

Ma bouche avait dû s'ouvrir parce qu'il sourit jusqu'aux oreilles.

— Je vois bien que ça te plait ici. Je ne vais pas t'enlever ça. Ça te surprendra peut-être mais je ne suis pas particulièrement attaché à l'idée de vivre en ville. Je vais devoir voyager de temps en temps, ça c'est sûr, mais je peux m'en sortir. Bon sang, Owen fait le même genre de choses à Diamond Creek. Je veux juste être parfaitement clair sur le fait que je ferai ce qu'il faut, quoi que ce soit.

L'émotion que je pensais avoir maitrisée éclata en moi. Je n'avais pas pensé à ça, surtout parce que je venais à peine de faire face à mes sentiments pour Max quelques jours plus tôt. Je ne m'étais vraiment pas attendue à ce qu'il rende cette partie de l'histoire aussi simple pour moi.

Mes yeux s'emplirent de larmes à nouveau, et je n'avais pas réalisé qu'elles coulaient de mes yeux avant que je ne sente son pouce en essuyer.

— Je ne voulais pas te faire pleurer.

Un rire m'échappa.

— Je crois que ce sont des larmes de joie. J'aime beaucoup être ici, mais on trouvera une façon de s'organiser. Si ça veut dire aller à San Francisco, je le ferai aussi. C'est une ville que j'adore.

— Alors là, tu rends ça compliqué, répondit Max en souriant.

ÉPILOGUE

Max

Noël, un an plus tard

Je regardai la pièce, observant Harlow alors qu'elle passait l'arche du restaurant du Last Frontier Lodge. Ses cheveux noir brillant étaient lâches et elle portait la même robe que la première fois où je l'avais vue, une robe en soie couleur crème qui caressait ses courbes. Ce n'était pas vraiment adapté à la météo, mais elle avait souligné qu'elle n'avait pas à aller dehors.

Un an entier s'était écoulé depuis notre premier Noël ensemble, et Harlow avait insisté pour qu'on célèbre Noël ici encore cette année. Puisque je disais oui à tout ce qu'elle me demandait, j'étais ravi de la suivre. Les guirlandes de Noël brillaient dans le restaurant. À travers les fenêtres qui longeaient l'hôtel, l'un des nombreux épicéas était décoré de lumières, brillant dans l'obscurité et illuminant la neige qui tombait.

Mes yeux suivirent Harlow alors qu'elle s'approchait, savourant le balancement de ses hanches, d'un mouvement gracieux alors qu'elle écartait les cheveux de ses épaules. Quand elle arriva à mon niveau, assis sur un tabouret au bar, je ne m'embêtai pas à être poli. Je passai mon bras sur sa taille, me laissant glisser sur la soie pour attraper ses fesses alors que je l'attirais entre mes jambes.

Elle gloussa et son souffle sursauta.

— Max, tu sais qu'on est en public, non?

— Bien sûr. Je m'en fiche quand même, murmurai-je, en posant mes lèvres sur ses lèvres gonflées.

Malgré sa petite protestation, elle m'embrassa, sa langue trouva la mienne.

J'écoutai son ton parce que j'étais assez intelligent pour savoir que, quand Harlow m'embrassait, je perdais conscience de tout sauf elle. Je ne pouvais m'autoriser qu'un avant-goût ou ça finirait mal. Quand je reculai, ses joues étaient rouges et ses yeux sombres.

La voix amusée de Garrett brisa le moment.

— Besoin d'un verre, Harlow?

Je levai les yeux vers lui, alors qu'il me faisait un clin d'œil.

— Désolé de l'interruption.

— Je veux bien un martini à la grenade, dit Harlow.

— C'est le verre que tu buvais au mariage.

— Tu te souviens? demanda-t-elle, les yeux écarquillés.

— Bien sûr. Quand ça touche à toi, je me souviens de chaque détail.

Je la tins dans mes bras, savourant la chaleur de sa peau à travers la soie.

Garrett lui tendit son verre et elle recula au bout d'un moment, s'installant sur le tabouret à côté de moi quand Ivy et Owen nous rejoignirent. Nous avions promis à mes parents que nous viendrions les voir pour le Nouvel An, mais il était très probable que l'on passe Noël ici.

C'était l'un des endroits préférés de Harlow et, comme ce lieu me faisait penser à elle, c'était aussi l'un des miens. Le fait qu'on y trouve nos amis ne faisait pas de mal.

— Yo! dit Owen en arrivant à mes côtés.

J'étais dans la lune, savourant la sensation d'avoir Harlow à mes côtés.

— Hein? demandai-je en le regardant.

— Ça en valait la peine? demanda-t-il.

Je savais qu'il parlait de notre conversation qui datait d'un an plus tôt, quand il m'avait dit que si je pensais que Harlow en valait la peine, je ferais mieux d'agir.

— Chaque instant. La meilleure chose que j'aie jamais faite a été de l'épouser dès qu'elle a dit oui.

Ce moment était arrivé de façon parfaitement spontanée. Comme toujours quand ça touchait à Harlow, ma préférence pour la planification méthodique était tombée à l'eau. On était sortis un matin prendre des cafés, vers la fin du printemps. Nous étions à Willow Brook, et j'étais sur le point de partir ce matin-là pour prendre un avion vers San Francisco. Même si j'avais déjà acheté la bague de fiançailles des semaines plus tôt, avec l'intention de la demander en mariage au bon moment, tout s'était passé au Firehouse Café.

Heureusement, j'avais appris ce même matin que Janet James avait le droit de célébrer des unions. Dès que Harlow a dit oui, j'ai persuadé Janet de nous marier.

Owen gloussa, ses yeux passant vers Ivy, assise à côté de lui, puis il regarda Harlow à mes côtés.

— Je te l'avais dit. Ce n'est pas difficile quand c'est la bonne.

— Oh non, la décision la plus facile de ma vie.

Il s'était passé beaucoup de choses en un an. Tout d'abord, j'avais découvert que Harlow avait du mal à prendre des décisions. Elle n'arrivait pas à choisir où nous devrions vivre et quoi faire de son poste. J'étais tellement habitué à voyager et à mon emploi du temps brutal que vivre à Willow Brook et faire la route vers Anchorage tous les jours ne me posait aucun problème.

J'avais même organisé mes autres déplacements pour les caler sur ses missions en forêt pour les grands feux. Ça ne me plaisait pas trop, mais ça faisait partie de Harlow, et je l'acceptais.

Quelques semaines après les fêtes, elle m'avait annoncé qu'elle voulait essayer de tomber enceinte bientôt. J'étais prêt à argumenter le fait que j'étais inquiet qu'elle garde son boulot en étant enceinte. Heureusement, elle m'avait évité le débat.

Maintenant, il suffisait simplement que nous décidions de ce que nous voulions faire ensuite. Pour la grossesse, j'étais quelqu'un qui aimait prévoir. Non pas qu'il nous fallait quoi que ce soit pour nous motiver, on pouvait même sans doute dire que je la poussais à bout, même si elle avait encore son stérilet. Il fallait bien s'entrainer.

J'attrapai sa main et la rapprochai de moi. Je penchai la tête alors qu'elle s'avançait vers moi et déposai un baiser dans le creux de son cou, savourant cette odeur de vanille et de miel qu'elle portait toujours.

— Je dois rester poli combien de temps? murmurai-je.

HARLOW

Je sentis mes joues rougir, et un frisson me parcourut aux mots de Max. Je m'étais demandé si l'effet qu'il me faisait se dissiperait; mais l'opposé semblait plus vrai. Plus nous passions de temps ensemble, plus j'avais envie de lui.

Je reculai, croisant un éclat dans ses yeux.

— Je suis arrivée il y a quelques minutes à peine.

Il haussa les épaules, nonchalamment.

— J'attendrai.

Il passa son bras autour de ma taille, tirant mon tabouret vers lui. On passa la soirée à rire et parler avec nos amis, alors que les lumières de Noël clignotaient autour de nous. Pour le deuxième Noël d'affilée, j'étais entourée de gens qui m'aimaient et que j'aimais en retour.

Je doutais du fait que Max puisse un jour comprendre l'ampleur de ce cadeau. Mon père et moi avions encore une relation un peu distante, mais le fait que nous nous parlions à nouveau était une victoire, étant donné son ressenti sur le fait que je refuse de travailler pour lui.

Je ne fis pas attendre Max trop longtemps, simplement parce que je ne voulais pas attendre non plus. Plus tard ce soir-là, après qu'il m'eut encore une fois satisfaite, je me tins près des fenêtres de l'hôtel à regarder le ciel étoilé. La neige s'était allégée et il ne restait que quelques flocons dans l'air, brillant dans les guirlandes qui entouraient la station de ski.

Une ombre d'aurores boréales vibrait au loin.

— Regarde, dis-je doucement, et désignant les nuances de rose et de violet.

Max arriva derrière moi, ses mains autour de ma

taille, et plongea dans mon cou pour y déposer un baiser.

— Quoi donc, toi? demanda-t-il.

— Oh mon Dieu, tu es ridicule. Les aurores boréales, murmurai-je, gémissant quand sa barbe griffa mon cou.

— Ah, je n'avais pas remarqué. Tu me déconcentres trop.

Et rien qu'avec ça, mon cœur fondait.

À suivre dans la Saga Au Cœur des Flammes : *Brûler Pour Toi*, l'histoire de Holly et Nate. D'amis à amants, une seconde chance et bien plus ! Holly adore donner à des œuvres caritatives. Jusqu'à ce que Nate gagne un rendez-vous avec elle à une vente aux enchères pour un organisme de charité. Nate rend Holly folle, dans le mauvais sense. Oh, et c'est le meilleur ami de son frère. Pour faire compliqué. Ne ratez pas l'histoire de Nate !

Pré-commande en 1-click: *Brûler Pour Toi*

À PROPOS DE L'AUTEUR

J.H. Croix est une auteur sur la liste des meilleures ventes USA Today, elle vit dans le Maine avec son mari et leurs deux chiens gâtés. Croix écrit des romances contemporaines à couper le souffle avec des femmes fortes et des hommes alphas qui n'ont pas peur de montrer leurs émotions. Son amour des petites villes et des personnages qui y vivent habite sa prose. Baladez-vous dans les folles romances de ses bestsellers!

jhcroixauthor.com
jhcroix@jhcroix.com